西洋医学は神なのか？

ガンから生還した医学博士の告白

小林　漸《すすむ》

明窓出版

はじめに「なんで、私が肺癌に？」

私の癌闘病生活は、令和四年十二月三十日に肺腺癌ステージ2Bの診断を受けたことから始まります。肺腺癌ステージ2Bは、五年生存率が58％で、再発率の高い癌です。当時、私は、東京大学大学院医学系研究科の大学院生でした。十二月十四日に医学博士の学位審査に合格し、希望に満ちた未来が待っていると期待に胸を弾ませていたところに、突然、癌宣告を受けたのです。

癌宣告を受けた直後は、担当医が言っていることが理解できませんでした。初対面で、いきなり「貴方は癌です」だなんて、失礼な人だなと怒りを覚えたくらいです。しかし、病状を説明され、理論的に考えてみると、自らが癌を患っていることが理解できて、絶望に陥りました。初めて、自らの死を現実的なものとして認識した瞬間でした。なぜ私が肺腺癌を患ってしまったのかとパニックになり、人生を悲観し、理不尽な運命を呪いたくなりました。

私自身、驚いたのが、二人に一人が癌を患う日本社会において、私だけは絶対に癌にならないと思い込んでいたことでした。私は、酒もタバコも飲まないし、健康のために食生活にも気を使っておりました。

しかし、自らの生活習慣を振り返ると、癌を患ってもおかしくない生活を送っており、全ては自業自得だということに気づきました。特に、歯科医師になってからは、勤務時間が長く、ひと月の勤務時間が四〇〇時間以上になることもありました。大学院に入ってからは、平日は研究に従事し、土日祝日は歯科医師業で、休日がない状態でした。睡眠時間を削って、身体を酷使していたにも拘《かか》わらず、自分だけは癌にならないと思い込んでいたのです。

ただ、人生のどん底で、思いがけない賜物を手に入れることができました。私は、癌を患うことで、心の奥底に潜む、希望の「光」を見つけることができたのです。「光」は、祈るほど大きくなりました。もしかしたら、その「光」の正体は、神様なのかもしれません。

「神様」という言葉を使いましたが、私は、宗教家ではありませんし、どこの宗教団体にも属しておりません。「神様」とは、宇宙の根源的な秩序であり、自らに内在する神性なる無限の力という意味で使っております。誰もがその神性なる無限の力を持っている以上、私は、全人類は繫がっていると考えております。

その「光」は、私を癒し、癌を癒してくれました。手術までの期間は、睡眠時間を増やし、呼吸を整え、癌が消え去ったことをイメージし、感謝して祈り続けました。

そして、令和五年一月二十六日に右側肺下葉切除術及びリンパ郭清術を受けました。病理診断の結果、長径60㎜の腫瘍は、僅か1．0㎜の細胞異型に縮小していたのです。人は、健常者でも毎日約五千もの癌細胞が生まれております。ですから、この四週間で癌細胞はほぼ消滅したといえるのではないでしょうか。

癌闘病生活を通して実感したことは、癌は、全人格的な行動変容を促す細胞からのメッセージであるということでした。癌は、今までの考え方や生活習慣の結果、自らの細胞が変異して、増殖していくものです。裏を返すと、癌細胞といえども私の細胞なので、自らの考え方や生活習慣を変えれば、消える可能性があるのです。

思考や感情の積み重ねにより形成される考え方や生活習慣は、その全てが医学のパラダイムに準じるものではありません。ですから、癌は、医学という学問の一分野だけで扱うことのできる対象ではなく、多角的に検討しなければならないのです。癌は、現代医学だけで論じているから不治の病であって、多角的に検討すれば、決して不治の病ではないと気づくのではないでしょうか。

ただ、癌が不治の病ではないとしても、私は、癌が簡単に治るなんていえません。癌宣告によるあの恐怖は、暗闇の海に投げ捨てられたくらいの恐怖でした。真っ暗で、孤独で、絶望的でした。そんな絶望的な状況下で「癌が治る」なんていわれても、信じることはできないでしょう。私は、癌を宣告されてから、解決策を見出そうと本屋を彷徨《さまよ》っていたのですが、本棚に並ぶ多くの自称「奇跡の治療家」の類いの本をみると、「人の病気で金儲けをするな」と頭にきたほどです。

癌に向き合うためには、外に解決策を求めるのではなく、まずは自分自身を客観視して、自らと対話することが重要になります。結果として癌を患ってしまっているのですから、自己との対話では、今までの生き方を批判的に検討せざるを得ないですし、それは自己否定に繋がります。ひたむきに一所懸命に頑張ってきたつもりでも、結局は、自然の調和に反して、自己破壊的な生活をしてしまったのです。

今までの自分がいかに能天気であって、エゴの塊だったかを知ると恥ずかしくなります。今までの自分がいかに無知であったかを知ると、悔しくなります。でも、自分自身を見つめ直すことができたら、今までの生き方を責めるのではなく、自分自身の無限の可能性を信じてください。他の崇高な存在を信じるのではなく、自らに潜む無限の力を信じてください。この神性なる無限の力は、完全な自己肯定のもと発揮されるからです。

恐れずにいえば、癌は、殺し屋ではなく、むしろ、私たちの臓器を守るために砦を築き、私たちの目覚めを促すために叫んでいるのです。

私は、癌を患った原因を明らかにするために、既成概念や偏見を払拭するように努めました。手術後には、霊能力者と呼ばれる方々にも会いに行き、意見を伺いました。

肝に銘じなければならないのは、霊能力者は、全て自称にすぎません。国家試験があるわけでもなく、何らその能力は保証されておりません。評判の良い霊能力者であっても、評価する方々が、洗脳されていたり、信者であったり、熱烈なファンという場合もあります。

霊能力者と呼ばれる方々の実際は、金儲けのために霊能力者を演じている方、誇大妄想から自らを霊能力者と信じている方、悪霊に取り憑かれている方、さらには悪魔に魂を売った方のような人々なのでしょう。そのような方々が人の弱みにつけ込んで、「霊視」「守護霊」「前世」などのパワーワードを使って金儲けをしているのが現実なのではないでしょうか。

しかし、いつの時代にも、特殊能力を持った霊能力者がおります。もしかしたら、現代にも埋もれているかもしれません。そこで、私は、霊能力者のもとに訪れる基準を設けました。まずは、癌患者の間で治療実績のある方々に絞りました。そして、医師による自由診療の癌治療相談が一時間一万円から二万円が相場ですから、施術料は、二万円を限度にしました。

本書の中では、「守護霊」や「前世」という言葉が出てきます。私は、それらを「非科学的」といって否定するのではなく、肯定的に捉えるようにしました。なぜなら、科学とは、自然の事物、事象について観察、実験等の手法によって原理、法則を見いだす技術をいい、不可解な目の前の現象を短絡的に否定する態度こそ非科学的であるからです。少なくとも私は、「守護霊」や「前世」といった存在を認めることで、謙虚になることができ、人生をより充実して送ることができると考えております。

この癌闘病記は、現在癌を患っている方や、その友人や、家族の方々に勇気を与えたいと祈りながら執筆しました。癌闘病生活を送っている人々に、少しでも役に立ちたい、支えてあげたい、この気持ちが執筆の原動力となりました。私の体験が、皆様の考え方や行動を変えるきっかけになり、希望を与えることになると信じております。

西洋医学は神なのか？
――ガンから生還した医学博士の告白

第1章　癌に直面する

第1節　心臓の精密検査

きっかけは、東京大学での定期検診でした。東京大学の大学院生だった私は、令和四年七月に定期検診を受けました。例年であれば、数週間後に「検査結果が出ましたので保健センターに取りに来てください」との連絡がくる程度でした。しかし、この定期検診では、「レントゲン画像診断にて心肥大が認められたので、精密検査を受けてください」とのメールが入っていたのです。

少し驚きましたが、私は、心配しておりませんでした。というのも、私は「スポーツ心臓」による心肥大であろうと高を括っていたからです。若い頃からサッカーに明け暮れていたので、高校時代には、心肺機能が発達して平常時の脈拍数が四〇前後で、「スポーツ心臓」と診断されておりました。ですから、今回も、「スポーツ心臓」の影響と思い込んで、精密検査を受けませんでした。

しかし、九月に入ると再び、大学から精密検査を受けるようにとの催促のメールがありました。この時期は、博士論文の提出を法医学教室のＩ教授から許可されたばかりでしたので、大学の指示には素直に従おうと、精密検査を受けることにしました。研究室の近くに東大病院があるのですが、待ち時間が長いことで有名でした。執筆中の論文も複数抱えており、待ち時間がもったいなかったので、家から近いA大学病院の循環器内科で心臓の精密検査を受けることにしました。

九月二十六日、A大学病院の循環器内科を受診しました。胸部X線画像を撮り、エコー検査、血液検査を受けて、全て問題なしとのことでした。CT検査は、私が博士論文の執筆で忙しく、月曜日にしか病院に通えなかったことから、十月十七日になりました。

新型コロナウイルスに感染する

ところが、CT検査日の一週間前に新型コロナウイルスに感染してしまい、CT検査をキャンセルせざるを得なくなりました。自宅療養期間が明けても、博士論文の提出の締め切りが差し迫っていたので、CT検査は後回しにしました。

それからは毎日、寝食を惜しんで博士論文に取り組みました。そして、博士論文を締切日に提出したのちに、十一月二十八日にCT検査を受けることになりました。

CTの撮影範囲は、胸部だけではなく、鎖骨から骨盤までの広い範囲に設定されておりました。このCT撮影だけで、約20 mSvの被曝でした。

多すぎる被曝量に疑問を抱きましたが、私には、そんなことを気にする余裕がありませんでした。というのも、学位審査がその二日後に迫っていたからです。通常は、十二月下旬から一月上旬に学位審査が行われるのですが、私の場合は、考査委員のスケジュールの関係から十一月に開催されることになったのです。

学位審査を十一月三十日に終えると、二日後の十二月二日にA大学病院の循環器内科にて、CT検査の結果を伺いに診察を受けました。

「心臓は、全然問題ありません」

担当医からそのように告げられ、安心しました。それからは、担当医と世間話をしておりました。話が一段落して、私が退室しようとしたときです。

担当医が「あ、そうだ」と言って、肺のCT画像を見せてきたのです。

「心臓には問題なかったのですが、右肺に炎症のような影が認められたのですよ」

映し出された白い影を見て、一瞬、ドキッとしました。

「ただ、こんなに大きな炎症なら、九月に撮った胸部X線写真にも影が映っているはずです。しかし、九月に撮ったこのX線写真をみても、この辺りに影が無いから、きっと十月に感染したコロナの影響でできた炎症でしょう。ただ、安心して年を越すために、念のため、年末に胸部X線写真を撮りましょうか。十二月三十日に予約を入れておきますね。そこで、呼吸器内科の先生に診断してもらいましょう」

私は、「炎症」であろうという循環器内科の先生の説明に一安心しました。ただ、検査日は、「なぜ、大晦日前に？」と疑問でした。でも、私自身、年末年始に宿直バイトをした経験から、出勤している医師たちが暇を弄《もてあそ》ばないように予約が入れられたのだろうと観念しました。

第２節　ＣＴ検査再び

博士論文を提出してからは、研究者生活を続けるためにいくつかの研究室の職員に応募しました。しかし、全ての研究室に、書類選考で落選してしまいました。そこで、私は、有給の研究職を諦め、歯科医師として再び臨床に戻る道を選択しました。

私の歯科医師としてのキャリアは、京都大学医学部附属病院歯科口腔外科の研修医として始まりました。臨床研修後は、医局に残り、枚方公済病院と京丹後市立久美浜病院の歯科口腔外科へ出向しました。しかし、東京大学大学院への進学を機に、京都大学口腔外科の医局を辞めることになりました。


大学院の最初の二年間は、神戸医療産業都市推進機構に出向していたこともあり、週末や祝日には京丹後市立久美浜病院で宿日直バイトをしていた傍ら、神戸市内及び大阪市内のクリニックに勤務しておりました。本郷の研究室に移動してからは、首都圏にて訪問診療に従事しておりました。

臨床に戻るにあたり、ふと大学の同期たちはどうしているのかネット検索をかけました。開業している方もいれば、有名な審美クリニックで活躍している方もいました。この四年間で、臨床面では大きな差がついていたことにショックを受けました。彼らに負けたくないという気持ちが沸々と湧いてきました。

そこで、まずは完全自費診療のクリニックで技術を磨こうと考え、審美歯科のクリニックを探すことにしました。

歯科医師として臨床に戻る以上、身体を鍛え直すために、私は、ジョギングを再開することにしました。かつて年に数回は、マラソン大会やトレラン（＊トレイルランニング。トレイルは未舗装路のこと）大会に参加しておりましたが、コロナ禍で走るのを止めておりました。そこで決意表明として、十二月二十三日に比叡山インターナショナルの50㎞のコースにエントリーしたのです。

就職は、十二月二十八日に、横浜市内にある審美歯科クリニックの面接を受けました。ただ、この日は理事長がインフルエンザに感染して面接には不在でしたので、年明けにもう一度、面接を受けることになりました。

翌二十九日は、高尾山へ、トレランの講習会に参加しました。18㎞の初級コースでしたが、久しぶりの長距離のランニングに足が攣《つ》ってしまい、三年間のブランクを痛感させられました。五ヶ月後に控えた比叡山インターナショナルまでにどのように調整するか、課題が山積みとなりました。

再び精密検査（令和四年十二月三十日）

そして、全身筋肉痛の中、十二月三十日の検査日を迎えました。すぐに帰宅できると決め込んでいた私は、診察後に父と実家の大掃除をする予定を入れておりました。

受付を済ませると、胸部X線写真を撮り、呼吸器内科の診察に呼ばれました。

診察室に入ると、担当医は、胸部X線画像を指さしました。

「先ほど撮った胸部X線写真にも、先日撮影したCT画像のところにあった高吸収画像（影のこと）にあたる箇所に、まだ白い影が残っております」

私は、胸部X線写真を見つめました。確かに、白い影のようなものが認められましたが、ただ濃淡の違いのようにも見えました。コロナの後遺症って恐ろしいのだなあ、と感心しておりました。

「なので、もう一度、確認のためCTを撮っていただきたいのですが、よろしいでしょうか」

驚きました。なぜもう一度、CT検査を受けなければならないのか、意味がわかりませんでした。炎症なのになぜ？　というのが率直な感想でした。

「えっ、またCTを撮るのですか？　この前に撮ったばかりではありませんか。そのときだって、20 mSvも被曝したんですよ」

私は、不満を露わにし、担当医の被曝に対する無神経さを暗に指摘しました。しかし、担当医は、全く動じず、先日撮影したCT画像を指さしました。

「この胸部X線画像の影が、先日認められた腫瘤であるかどうかを確かめたいのです」

私は、コロナによる炎症も二ヶ月くらい続くことだってあるのではないかと思いました。でも、私も、早く帰りたかったので担当医と議論をしている暇はないと思い、ため息をつきながらも観念しました。

「わかりました。もう一度CTを撮るのですね。CT撮影はいつ予約をすればよろしいのでしょうか？」

年末ということもあり、私は、年明けに撮るのだろうと思っておりました。前回も、前々回もCT検査は約一ヶ月待ちでした。ですので、CT検査を予約すれば帰ることができる、そう思っておりました。

「今です」

思いがけない言葉に、呆気にとられてしまいました。なぜ、これまでの検査では一ヶ月も待たされたのに、今すぐCT検査ができるのか謎でした。せっかく年末に出勤しているので、医師も保険点数を稼ぎたいのかなあ、と勘ぐってしまいました。でも、私だって、大掃除をする予定がありました。

「えっ、なぜ今撮らなければならないのですか。この影は炎症ですよね？」

私は担当医の目を見つめて抗議しました。

「炎症の可能性もありますが、腫瘍であることも考えられます」

担当医は、顔色一つ変えずに答えました。

「えっ、腫瘍ですか？　腫瘍はこんなに短期間で大きくなるものなのですか？　九月に撮った胸部X線写真には、何もなかったではないですか」

「いいえ、九月に撮った胸部X線写真にも、ほらここに、白い影が写っているではないですか。むしろ、本日撮影した方が、若干、影が大きくなっています」

担当医は、九月に撮影されたX線写真と先ほど撮影したX線写真を並べて、比較してみせました。私には、その違いはよく分かりませんでした。

私は、この担当医が検査をさせるための方便にすぎないのではないかと疑いました。というのも、もし本当に大きくなっていれば、「前回は○ミリで、今回は□ミリです」と具体的な数値を出すはずです。それが医学的なものの言い方というものです。

「でも、この前の診察では、何も写っていないと先生がおっしゃっておりました」

「それは、この前の先生が循環器内科の先生だからでしょう。呼吸器内科医がみれば九月に撮った胸部X線写真にも、明らかに右肺に白い影が認められます」

担当医は、一向に譲ってくれません。無表情で頑固そうに見えます。どうしても、この担当医はCT検査を受けさせたいのでしょう。CT撮影をしないと帰れない、と観念せざるを得ませんでした。

「わかりました。今すぐ撮ればいいのですね。ただし、今度は、撮影範囲を胸部だけにしてくださいね」

そういって、私は、退出すると足早にCT撮影室へ向かいました。

第3節　呼吸器内科にて

　ＣＴ撮影室の受付に着くと、しばらくして、名前が呼ばれました。照射野は、胸部だけに限定されておりました。それでも、約13 mSv の被曝でした。この一ヶ月で約33 mSv の被曝です。撮影が終わると、再び呼吸器内科の待合室へ向かいました。

　前日のトレイルランニングでの筋肉痛もあり、一気に疲れが出てきました。診療を待っている間は、来年五月の比叡山インターナショナルの調整のためにスケジュールを立てることができ、楽しい時間でした。

　病院内には他の患者がほとんどいないのに、全然、名前が呼ばれませんでした。一時間経過した後に、やっと私の名前が呼ばれました。

　診察室に入ると、先ほど撮ったＣＴ画像が写し出されており、担当医が口を開きました。

「先ほど撮ったＣＴ画像にもやはり、この白い影、高吸収画像が写し出されておりました。若干、前回撮ったものよりも、大きくなっているように見えます」

　だから何？　といった感じで、私は聞いておりました。ＣＴは数値化できるのだから、はっきりと数値で示せよ、と内心では、いい加減な先生だなと思っておりました。

「この白い影は腫瘍ではないかと疑い、先ほど、呼吸器外科の先生にも診ていただきました。そのため、少し時間がかかってしまいました。その先生も、これは腫瘍だろうとのことでした。ですので、一度、呼吸器外科の診断を受けていただけないでしょうか?」

嫌だといっても、私の主張が通らないことは、先ほどの議論から容易に予測できました。だいたい、この担当医は説明が大雑把すぎます。ここで議論していても、時間の無駄のように感じました。

「わかりました」

私は、早く帰りたいがために、承諾しました。後日、呼吸器外科に診察に行けばいいだけで、これで帰れると一安心しました。年末ということもあり、私の気分はもう帰路に向かっておりました。

「年明けに予約をとればよろしいですか?」

私は、予約日を決めようと、診療室に掛けられているカレンダーに目を向けながら言いました。

「いいえ、今すぐ行ってください」

気持ちは帰路に向かっていたので、頭の中で、担当医の言葉を咀嚼《そしゃく》してみました。

「えっ、今から呼吸器外科に行かなければならないのですか?」

当初の予定は、胸部X線写真を撮って、診察を受けて終わるはずでした。それなのに、追加でCT検査を受け、診察も二回受けたので、もう十分ではないかと思ったのです。

「はい、すでに呼吸器外科の先生にお願いしました」

勝手に決めるなよ、と不満でした。

「年明けではいけないのですか?」

医師の都合で、私の予定が狂ったことに不快感を示しました。

「はい、呼吸器外科の先生が、本日診察したいと仰っておりましたので」

そうはいっても、私だって大掃除の予定があるのだから、早く帰らせてくれよ、と思いました。でも、この担当医は、頑固で、明らかに私の訴えは通用しない雰囲気でした。承諾するしか、私には選択肢は残っておりません。

「では、診察室を出て、もう一つ奥の呼吸器外科の受付に行ってください」

私は、早く帰りたかったので、早歩きで呼吸器外科へと向かいました。

第４節　癌宣告を受ける

呼吸器外科の受付を済ますと、しばらくして、私の名前が呼ばれました。私は、すぐさま診察室へ入りました。

診察室へ入ると、落ち着いた表情でありながら、頑固そうな甲医師（仮名）が座っておりました。挨拶を済ませると甲医師は、話を切り出してきました。

「先ほど、呼吸器内科の先生からCT画像を見せて頂いたのですが、この白い塊、これは悪性腫瘍であることに間違いありません。一刻も早く手術をしなければならないのですが、現状では一番早く予約が取れる日にちで来年の一月二十六日です。どうです、二十六日に手術しますか？」

私は、甲医師の言っていることの意味が分かりませんでした。初対面なのに、いきなり「悪性腫瘍だ」「手術だ」と言われても、私はコロナによる炎症だと思っていたので、話の展開の速さについていけていませんでした。

「ちょっと待ってください。悪性腫瘍って、癌なのですか？」

私は、頭の中を整理する時間が欲しかったので、質問しました。

「そうです。ほら、ここに茎のようなものがあるでしょう。これが浸潤（＊周りにしみ込むように広がること）性の肺腺癌の特徴なのです」

甲医師は、ＣＴ画像を示しながら説明しました。私は、呆気に取られていたものの、時間差をもって、頭の中で、「癌」という言葉を捉えることができました。

「えっ、私、癌なのですか」

「はい、肺腺癌です」

「肺腺癌？　……なのですか？」


肺腺癌は、医療に携わっている人であれば、誰でも転移しやすい癌であることを知っております。でも、私は、タバコも吸わないいし、お酒もほとんど飲めないいし、電子レンジだってほとんど使わない生活をしておりました。ですから、いきなり肺腺癌なんて言われても納得できませんでした。

咳や呼吸困難などの自覚症状も、全くありませんでした。むしろ、甲医師に対しては、初対面なのに、いきなり「肺腺癌だ」と決めつけるのは失礼だし、無神経な先生だなと怒りを覚えたほどです。

「画像上、明らかに肺腺癌なので、一刻も早く手術して、取る必要があります。先ほども申し上げたように、一月二十六日が最短の手術日なので、本日、手術日を抑えておいた方が良いと思われます」

「ちょっと待ってください。いきなり手術だと言われても、そんな急に決められません。一旦帰ってから考えさせてください」

私は、冷静になってから考えたかったので、時間の猶予を求めました。

「いや、君の場合、もう考える時間は無いのだよ。これを見てごらんなさい」

甲医師はそう言って、ＣＴ画像の断面を動かして説明し始めました。

「この白い塊、腫瘍の大きさは22㎜だけれど、この腫瘍を挟むように前後にも腫瘍があります。肺腺癌の場合、この周囲にある小さな腫瘍が肺内転移によるものなのかは画像上確定できませんが……。前後の腫瘍間の距離がおよそ60㎜あるから、この場合、一つの腫瘍と見做《みな》して、これを60㎜の腫瘍として捉えることになります。そうすると、君の場合、この時点で腫瘍はＴ３です（表１）。

リンパ節転移や遠隔転移の有無はこれから検査しなければわからないけれども、今の時点で、最低でもステージ2Bなのです（表2）。この意味がわかるかね。肺癌は、発見された時点で約七割の人がステージ3以上で手術できないのだよ。多くの人が手術を受けたくても受けられないのだ。君の場合、今なら手術が可能だということなのだ。だから、手術を受けられること、早期発見できたことを幸運だと思ってほしい」

私は、呆然と説明を聞いておりました。冷静になれ、と自ら言い聞かせ、心を落ち着かせようと努めました。深呼吸をしてから改めてCT画像を見ると、確かに腫瘍様の高吸収画像が確認できました。肺腺癌ステージ2Bと宣告されて、私は、ようやく事態を把握することができました。これが癌宣告なのか、と理解することができたのです。

でも、まさか私が癌宣告を受けるなんて、考えたことすらありませんでした。しばらく、言葉が出ませんでした。手術を受けろと言われても、そもそも、どのような手術を受けるのか、説明を受けておりませんでした。

「手術は、どのような手術なのでしょうか？」

甲医師に対して、手術の説明を求めました。

「君の場合、腫瘍が大きいから、右肺の下葉を切除して、術野に見えるリンパ節を全て除去

T:腫瘍そのものの状態		
TX		原発腫瘍の存在が判定できない
T0		原発腫瘍を認めない
Tis		上皮内癌
T1		腫瘍の充実成分径が3.0cm以下
	T1mi	微小浸潤性腺癌：充実成分径が0.5cm以下かつ病変全体径が3.0cm以下
	T1a	充実成分径が1.0cm以下かつTis・T1miには相当しない
	T1b	充実成分径が1.0cmより大きくかつ2.0cm以下
	T1c	充実成分径が2.0.cmより大きくかつ3.0cm以下
T2		充実成分径が3.0cmより大きくかつ5.0cm以下
	T2a	充実成分径が3.0cmより大きくかつ4.0cm以下
	T2b	充実成分径が4.0cmより大きくかつ5.0cm以下
T3		**充実成分径が5.0cmより大きくかつ7.0cm以下**
T4		充実成分径が7.0cmより大きい
N:リンパ節への広がり		
NX		所属リンパ節転移の評価が不可能
N0		所属リンパ節転移なし
N1		同側気管周囲及び/又は同側肺門リンパ節転移
N2		同側縦隔リンパ節転移及び/又は気管分岐部リンパ節転移
N3		対側縦隔、対側肺門、同側・対側斜角筋前、同側・対側鎖骨上リンパ節転移
M:他臓器への転移		
M0		遠隔転移なし
M1		遠隔転移あり
	M1a	対側肺内の副腫瘍結節または胸部結節、悪性胸水（同側・対側いずれも）、悪性心嚢水
	M1b	肺以外の一臓器への単発遠隔転移がある
	M1c	肺以外の一臓器または多臓器への多発遠隔転移がある

表１肺腺癌のＴＮＭ分類表

癌は、腫瘍の状態（Ｔ）、リンパ節への広がり（Ｎ）、及び他臓器への転移（Ｍ）のそれぞれを検討して、ステージを決める。私の場合、腫瘍が６．０㎝であったので、腫瘍の状態はＴ３と評価される（太字で示し、下線を引いた）。リンパ節への広がりと他臓器への転移については、後日、精密検査をすることになった。

		N0	N1	N2	N3	M1a	M1b	M1c
T1	T1a(1cm以下)	1A1	2B	3A	3B	4A	4A	4B
	T1b(1-2cm)	1A2	2B	3A	3B	4A	4A	4B
	T1c(2-3cm)	1A3	2B	3A	3B	4A	4A	4B
T2	T2a(3-4cm)	1B	2B	3A	3B	4A	4A	4B
	T2b(4-5cm)	2A	2B	3A	3B	4A	4A	4B
T3	T3(5-7cm)	**2B**	3A	3B	3C	4A	4A	4B
T4	T4(7cm以上)	3A	3A	3B	3C	4A	4A	4B

表２肺腺癌のステージ

癌のステージは、腫瘍の状態（Ｔ）、リンパ節への広がり（Ｎ）、及び他臓器への転移（Ｍ）により決定する。私の場合は、腫瘍の状態はＴ３と評価されたので、精密検査の結果、リンパ節への広がりがなく（Ｎ０）、他臓器への転移がなくても（Ｍ０）、現状ではステージ２Ｂであることになる（太枠で囲った）。

するリンパ郭清術を併用します」

甲医師は、肺の模式図を使って説明し始めました。

右肺は三つの肺葉から構成されており、上から上葉、中葉、下葉と名付けられています（図1）。手術は、下方の三分の一の部分を切除するというのです。下葉の容積は、最も大きく、右肺の約半分の容積であり、肺全体でも約30％にあたります。

驚きました。たった60㎜の腫瘍なのに、肺の容積の30％を占める下葉を丸ごと取るなんて信じられませんでした。

「ちょっと待ってください。この腫瘍から一定のマージンをとって部分切除をするということはできないのですか？　例えば、舌癌なら、腫瘍から１㎝

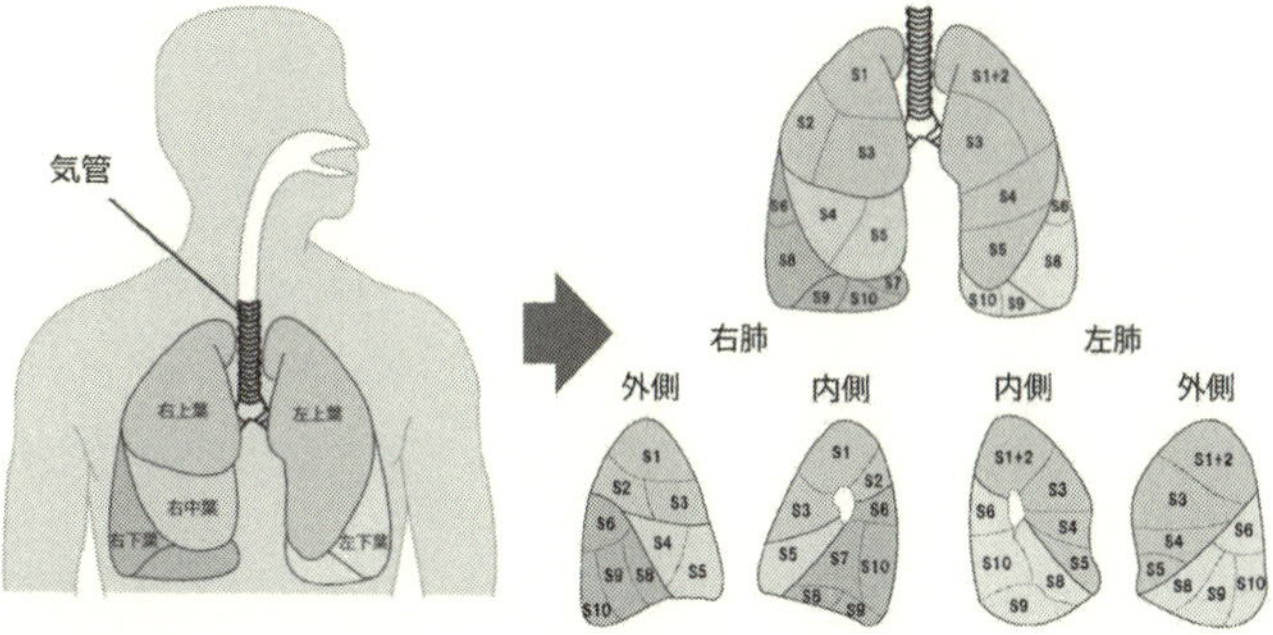

図1 肺模式図
（信州大学医学部外科学教室呼吸器外科学分野ホームページより引用
https://shinshu-surgery.jp/thoracic/treatment/lung_anatomy.php）
肺は、左右に分かれる。右肺は、上葉、中葉及び下葉の三層構造であり、左肺は上葉及び下葉の二層構造である。この模式図は左右同じ大きさで描かれているが、左側には心臓が近接しているので左肺は右肺に比べ容量が狭くなり、個人差はあるものの左右の比率は四対六と左肺のほうが小さくなるのが通常である。左右の肺は、それぞれＳ１～Ｓ 10までの 10のセクションに分けられる。右肺下葉切除術は、肺の容積の約 30%となる右肺下葉（Ｓ６～Ｓ 10）を切除することになる。

から2㎝のマージンをとって切除します。肺癌もマージンをとって部分切除をすることができないのですか？」

私は、かつて口腔外科医でしたので、自らの体験をもとに質問しました。

「そんなことをして、癌を取り残したら、どうなるのだね。癌を取り残して再度手術となっては、肉体的にも、費用的にも二度手間になってしまうではないか。君のようなケースでは、下葉切除が標準的な治療なのだよ」

標準的な治療といわれても、

私は、下葉切除には納得できませんでした。

「癌を取り残すのが心配なら、手術中に周囲の組織を採取して、術中病理診断をして、マージンを決めたらいいのではないでしょうか」

「そんなことはできない。手術中に病理検査なんて、できるわけないだろう」

私の訴えは、却下されてしまいました。でも、私も、臓器を取られるので、簡単には引き下がることはできません。

「え、なんでできないのですか？　私が以前勤めていた京大病院では、舌癌の手術の際にはそのようにしてマージンを決めておりました。この病院では、術中病理診断をやっていないのですか？」


甲医師は、驚いた表情をしました。私が医療人であることを知らなかった様子でした。甲医師は、カルテを読み直すと、私が口腔外科医であったことに気づいた様子でした。

「それは、京大のような大きな病院ではやっているかもしれないが、うちではやっていないのだ。肺腺癌は、舌癌と異なり、とても転移しやすい癌なのです。それに対して、舌癌は舌の機能を保全するために、できるだけ切除範囲を少なくする必要があります。君がやってきた口腔外科と我々の呼吸器外科では、機能保存の仕方が違うのです」

甲医師は、肺腺癌は舌癌とは違うのだよ、というスタンスをとってきました。なんだか、医師と歯科医師は違うのだよというふうに聞こえてしまい、頭にきてしまいました。

「君の場合、下葉を全部切除しても、七割の機能が保存できます。七割残せれば日常生活には支障はありません。だから、下手に部分切除して癌細胞を残してしまうよりも、肺葉ごと切り取ってしまうのが安全なのです。癌細胞は、近くのリンパ節にも転移しやすいから、術野に見えるリンパ節も全て除去するのがより安全なのです」

肺の三割を切除して日常生活に支障がないわけないだろう、走ることができなくなるじゃないか、と悲観してしまいました。冷静を取り戻すまで、私は、しばらく黙り込んでしまいました。

「では、私のようなケースであれば、下葉ごと切除するのが一般的なのでしょうか」

私は、冷静を装って問いました。

「はい、当然です。これは、私個人の見解ではなく、世界中の国々で行われている、最もスタンダードな術式です」

私は、甲医師の目を見つめました。甲医師が嘘をついているようには思えませんでした。少なくとも、甲医師はそのように信じている様子でした。

私は、しばらく言葉を発することができませんでした。以前、自ら舌癌の手術に参加しながら、いざ自分が手術をされる番となったら手術を受けないというのは、医療人として自己否定に繋がり、卑怯だと思いました。


でも、下葉を全部切除することは嫌でした。およそ、容積にして2〜3%しかない腫瘍を除去するために、30%もの容積を切除するのは納得できませんでした。そうかといって、手術をした後に、再度、手術を受けるのも嫌でした。どうせ手術を受けるなら、一回で済んだほうがいい、そう思いました。

「分かりました。では、術式は、右肺切除術及びリンパ郭清術で結構です。でも、手術日は、一旦家に帰ってから整理することはできませんか。年明けの最初の診断の時ではダメなのでしょうか。この数日間で、しかも年末年始で、外来診療が休みの状況で、手術日は埋まってしまうものなのでしょうか」

私は、冷静になる時間が欲しかったのです。この重苦しい雰囲気も辛かったのです。でも、甲医師は時間的猶予を与えてくれませんでした。

「手術日が埋まってしまうかどうかはわかりません。埋まらないかもしれないし、他から手術が入ってしまい、手術日が二月以降になってしまうかもしれません。でも、君の場合、考えている時間なんてないのです。もし待っている間に、他に手術が入ってしまって、手術日が二月以降になってしまったら、それだけ転移するリスクも上がってしまうのだよ。手術は成功したけれども、癌が転移しておりましたなんて事態になったら元も子もないじゃないか。

そもそも、十一月二十八日にCTを撮った時点で、もしくは十二月二日の診察の時点で、私に紹介してもらっていれば、もう手術は終わっていたのだよ。これ以上手術が遅くなることは、転移するリスクも上昇してしまいます」

甲医師は、一つの資料を示しました。

「これは、少し昔のアメリカの研究データですが、肺腺癌を患って、何も治療をしなかった場合の生存期間の中央値です。ステージ2の場合、その期間は、9．6ヶ月です。つまり、ステージ2の場合、治療を受けなければ半数が十ヶ月以内に亡くなるということです。君の場合、ステージ2とはいっても、2Aではなく、より進行した2Bだから、その半数に入ってしまうこともありうるわけです。肺腺癌で亡くなってしまう方の多くが、癌の転移による多臓器不全です。それだけ肺腺癌は転移しやすいのです。君の場合、九月には発症していたと考えると、来年の七月にはその時期を迎えます。ですから、残された時間は少ないといえるのです」

ショックを受けました。九月の時点でステージ2だったとすると、何も治療を施さなければ、私は、令和五年七月頃に死んでしまうかもしれない、ということなのです。このまま何もしなければ、一年以内には死んでいることになります。

そのように考えると、突如、すでにリンパ節や他の臓器に転移してしまっているのではないか、という恐怖が襲ってきました。まさか、来年の今頃には、この世にいないなんて……。

初めて、自らの死を認識した瞬間でした。その瞬間、全ての思考が停止してしまいました。

「わかりました。では、一月二十六日に手術をお願いします」

生き延びるためには、他には選択肢がありませんでした。そのようにしか考えることができなかったのです。

「では、一月二十四日を入院予定日とさせていただきます」

それから、術前検査や術後の治療方針などの説明を受けたのだと思います。私は、絶望に陥っておりました。まるで、暗闇の海に投げ捨てられた気分でした。目の前が真っ暗になり、孤独で、絶望感しかありませんでした。

第2章　告知後の世界

診察室を出ると、病院の会計に向かったのだと思います。その後、どのように病院を出たか、記憶に残っておりません。おそらく、会計を待っている際に、スマホで肺腺癌について調べたのでしょう。受診を終えて、両親にLINEにてメッセージを送っておりました。

まず、母に次のメッセージを送っておりました。時刻は、午後一時十九分でした。

『今日、A大学病院にて肺の検査をしてきました。ごめんなさい。肺腺癌のステージ2Bでした。一月二十六日に手術します。五年生存率58．1％ですが、なんとかお母さんよりも先に亡くならないように頑張ります。でも、あまり心配しないでください』

父には次のメッセージを送っておりました。時刻は、午後一時二十一分でした。

『肺腺癌のステージ2Bでした。一月二十六日に手術します。五年生存率58．1％ですが、お父さんよりは長生きできるかもしれませんが、なんとかお母さんよりも先に亡くならないように頑張ります』

肺腺癌ステージ２Ｂの五年生存率は、58．１％でした。肺腺癌ステージ２Ｂの患者は、十人に四人が五年後には生存していないということです。通常であれば、六割弱の生存者のほうに入るのであろうと楽観的に考えられたのでしょうが、癌宣告された直後では、そのように考えることができませんでした。手術を受けても、残りの人生は五年もないのか……。そのように考えて両親にLINEを送ったのだと思います。

家に帰宅すると、父に報告しました。父は酷く落ち込んでしまったので、大掃除は中止になりました。父は、落ちつく時間が欲しかったのでしょう。私に気分転換してくるようにと促しました。私もどうすればいいのか全くわからず、ひとまずドライブに出ました。

目的地はありませんでした。あてもなく車を走らせました。しかし、動揺しているのか、車の運転に集中できませんでした。そこで、昼食をとることにしました。気がつけば朝八時半から病院におり、その日は何も食べていなかったのです。

ガストに寄って、「感動ハンバーグ定食」のコースを注文しました。ちょうど一ヶ月前に学位審査が終わった直後、自分へのご褒美に食べたものでした。食事が運ばれてくるのを待っている間、希望に満ち溢れていた一ヶ月前を思い出すと、涙が溢れてきました。ひと目を憚《はばか》らず涙を流しておりました。

食べ終わり、空腹が満たされたものの、ドライブをする気力も無くしてしまいました。何もしたくなかったのですが、何かしないと落ちつきませんでした。

幸いにも、私には、国際誌に投稿中の論文が二本あり、他に執筆中の論文も二本ありました。生きた証を残すためにも、論文を書こうという気力が湧いてきました。残された時間を無駄にしないためにも、研究室に向かって、論文を書くことにしました。

第2節　死と直面する

本郷キャンパスに着いた時には、陽が暮れはじめておりました。ＣＴ検査等で予想以上に診療費がかかってしまい、手持ちの現金が少なくなっていたことから、キャンパス内のＡＴＭに寄ることにしました。

ＡＴＭから現金を引き出して、研究室に向かい始めたところ、道に人が倒れており、警備員が心臓マッサージをしておりました。警備員の心臓マッサージは、肘が曲がっているし、圧迫するポイントもズレておりました。これでは蘇生できません。見るに見かねて、私は駆け寄りました。

「心臓マッサージは私が代わりますので、救急車を呼んでください」

警備員は、ホッとした表情を浮かべて、すぐに私と交代しました。

「1、2、3……」

私は、心臓マッサージを始めました。目の前に倒れている人は、私と同年代くらいの男性でした。呼吸もなく、脈拍もなく、いくつもの肋骨が折れておりました。腹部は波打っているので、内臓が破裂していることが予測できました。

周囲には出血がありませんでしたが、状況から目の前の建物の屋上から飛び降りたと予測できます。この方が東大の職員なのか、自殺場所に東大を選んだのかわかりませんが、いずれにせよ蘇生する望みはありませんでした。

俺は生きたくても先が長くないのに、なんでこの人は自ら命を絶ったんだ、そう思うと、悔しくなりました。まだまだ生きたいのに、癌宣告をされて残りの人生が短いかもしれない私が、まだまだ生きることができたのに死を選んだ人に対して、望みのない心臓マッサージをしている。この不条理とも思える状況に、私は、泣きたい気持ちになりました。

警備員は、電話で救急隊と話している様子でした。すると、若者が声をかけてきました。

「僕が代わります。医学部の四年生です」

若者は、誇らしげに佇《たたず》んでおりました。道に倒れている人を見て、命を助けようとする若者がいることにホッとしました。

「M2?」

私は、この若者に対して尋ねました。東京大学は、駒場キャンパスでの教養学部の二年間を経て、三年時より本郷キャンパスに来るシステムになっております。三年生になってようやく、医学部の一年目なのです。ですので、医学部の四年生は医学部二年目なのでMedicalの頭文字をとって、M2と呼ばれております。

「はい」

若者は胸を張って答えました。

「でも、実際には心臓マッサージはやったことないでしょ? 私も医学系研究科の博士課程四年です。京大病院での研修医時代に、救急科で何度かＣＰＲ（心肺蘇生）をしたことがあるから、大丈夫ですよ。授業では、心臓マッサージは三十回毎に交代すると習うけれど、夜中などは人手が足りないので、十分間くらい続けることだってありましたから」

私は、心臓マッサージを続けながら、意味もなく先輩面してしまいました。若者は、倒れている人を観察しておりました。

「この人飛び降りですかね。胸部を強打して肋骨も折れておりますし、腹部も波打っていて腸も破裂していそうですね。ちょっと厳しいですよね」

若者は見た目から、即座に死因を突き止めておりました。私は、彼の冷静な分析力と観察力に感心しました。

「流石、よくわかりましたね。でも、医療人としては、救急隊が来るまでは蘇生行為を止めてはいけないのです。やっぱり、代わってください」

私は、この優秀な若者に心肺蘇生行為の経験を積ませようと思い立ち、代わってもらうことにしました。

「では、私が10数えたら、交代しますよ。1、2、3、4、5、6、7、8、9、10」

私は、胸部圧迫をしながら数を数え、10を数え切ると若者と交代しました。

「1、2、3……」

若者は胸部圧迫を始めました。やはり、初めてのこととあって、腰が引けており、肘も曲がっておりました。

「このように、もっと腰を入れて、肘を伸ばして、腕の力ではなく、体重を乗せるようにしてみて」

私は、心臓マッサージの格好をして、指導しました。若者はすぐさま修正しました。

「そう、素晴らしい。流石、飲み込みが早い」

若者は、すぐに綺麗なフォームになりました。心ある医師の卵と出会うことで、まだまだ日本の未来は暗くない、と希望を持つことができました。


それからは、救急車が来るまで医学部生と交代しながら心臓マッサージを繰り返しました。しばらくして救急車が来ると、救急隊と心臓マッサージを交代しました。警察が到着すると、私は、事情聴取を受けました。状況を説明し終えると、ようやく研究室にたどり着くことができました。

研究室で、いざ論文を書こうとしても、集中できませんでした。癌宣告を受けた直後に、心肺蘇生をしたのですから、冷静を保つことが困難です。結局、論文は手につかなかったので、御徒町《おかちまち》まで歩いて映画「スラムダンク」を観ることにしました。

この映画は、十二月三日の公開初日に真っ先に観た映画でした。その時は、事前情報が全くなかったので、オープニング時に「山王工高」の文字が現れた瞬間、涙腺が緩んで、泣きながら観たものでした。この日は三回目の鑑賞でしたが、物語とは関係なく、最初から号泣しておりました。

「スラムダンク」は、私が高校一年生の時に始まった漫画でしたので、主人公たちが通う湘北高校の一年生は、いわば同級生です。漫画に描かれている景色も、私が高校時代に過ごした湘南地区の景色でした。その当時を思い出して振り返ってみると、涙が止まらなかったのです。散々泣いた後、最終の新幹線で帰宅しました。

帰宅中の新幹線の中で、法医学教室のＩ教授及び指導教官に、肺腺癌を患い、手術を受けなければならなくなった旨を連絡しました。併せて、勤めていた二つの歯科医院に、癌治療に専念するために、来年一月をもって辞めさせていただく旨の連絡をしました。

第3節　癌を患った原因を考える

翌日の大晦日も、研究室に向かいました。自らが癌を患ってしまったことの理不尽感を忘れるべく、論文執筆に取り掛かりました。私が死んでも、論文は残る。生きた証を残すためにも、残りの人生は論文を書きまくりたい、そう思うようになりました。

論文に取り掛かってみると、なぜ私が癌を患ってしまったのか考えるようになりました。気持ちを落ち着かせるために、バッハ（一六八五年～一七五〇年）の音楽を聴きながら考えを巡らせてみました。

喫煙者ではないので肺癌になるはずがないと思い込んでおりましたが、調べたところ、タバコに含まれる七〇種類以上ある発癌性物質は、主に扁平上皮癌の発生に寄与するとのことでした。つまり、肺腺癌のような腺癌は、別の理由が考えられるということです。

なぜ他の臓器ではなく、左肺でもなく、右肺に腫瘍ができたのか。それも、なぜ上葉又は中葉ではなく、下葉に悪性腫瘍ができたのか。この謎を解くために、論文を書きながら考えを巡らせました。

物理的要因

過去を振り返ってみると、物理的な原因は、私の歯科医師としての仕事のあり方が大きく関与していたと思えてきたのです。特に、①「放射線の被曝」と②「粉塵の吸入」が右肺下葉の肺腺癌の発病に寄与したのではないかと考えられました。

まず、「放射線の被曝」についてですが、歯科医師は、患者の口腔内のX線写真を撮影します。一回あたりの被曝線量は、フィルムに対して10 μSv と微量ですが、放射線を発生するX線管付近の放射線量は定かではありません。

私は、訪問診療において、ポータブルX線カメラを右胸に当てて発生源を固定して、左手でフィルムを患者の歯に当てて、右手で撮影ボタンを押して撮影しておりました。ガイドラインでは鉛入りの防御服の着用が推奨されておりますが、訪問診療の臨床においては、まず着用しません。ちょうどポータブルX線カメラを押さえていた右胸に腫瘍ができたのですから、これは発癌の原因の一つとして考えられます。

新規患者のたびに、「十枚法」（＊デンタル写真を十枚撮って口腔内の全ての歯を撮影する方法）で撮影してきたので、年間５００回程度被曝していたのだと思われます。一回あたり

10μSvと安易に考えていたのですが、単純計算しても年間5mSvを放出していたことになります。年間5mSvといっても、それは照射野に限られ、X線管背後の放射線量はもっと多かったのでしょう。ポータブルX線カメラの被曝量を、蔑《ないがし》ろにすべきではなかったのです。

次に「粉塵の吸入」ですが、私は、歯科医師として、患者の口腔内に入った金属を除去して、歯を白くするレジン充填やCADCAM冠という白い被せ物に変える治療を多く行ってきました。

特に、アマルガムという金属は、水銀を50％含む金属です。この金属を除去する際、本来は、周囲の歯質を削って、金属を一塊として取り出さなければなりません。しかし、そうすると、アマルガムで治療された歯を再治療する場合、神経を抜かなければならなくなります。それを避けるため、私は、患者さんの歯の神経を残すために、金属を削り倒しておりました。もちろん、この際には歯科助手を外して、自らバキュームを使用して粉塵を吸っておりました。マスク越しであっても、大量のアマルガムの粉塵を吸入してしまったのでしょう。

後で知ったのですが、水銀は削ると摩擦で水銀蒸気となり、気化してしまうようです。その

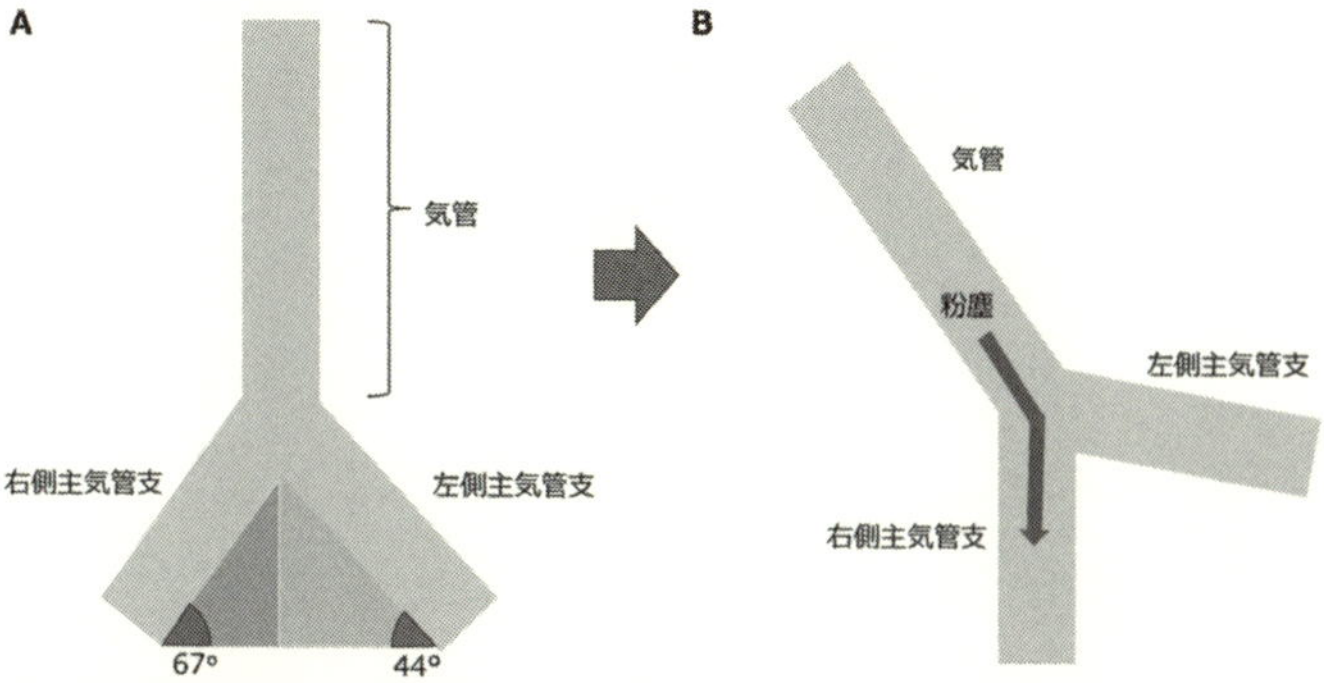

図2気管支模式図

A：気管支は、左右に分かれる。右側が六七度に対し、左側は四四度である。左側には心臓があるため、右側主気管支のほうが、左側主気管支よりも急な勾配となっている。B：体が右に傾くと、右側主気管支は、ほぼ垂直になる。そのため、補綴物をタービンで削った際に削り出された金属の粉塵が右側肺に吸入しやすくなってしまったものと考えられる。

ため、私は、気化した水銀も大量に吸入していたのです。

吸入した粉塵は、気管を通って肺に入ります。主気管支の角度は左側（傾斜角は約四四度）より右側（傾斜角は約六七度）の方が急角度であり（図2）、私は右肩を下げて、下から覗き込むような姿勢で治療することが多く、粉塵の多くが右側の肺に流れ、下葉に粉塵が蓄積したと考えることができます。そこで正常細胞が癌化したと考えることは、理に適っておりま す。

以上、物理的要因として、私は、

放射線による被曝と水銀などの金属の粉塵の吸入により、右肺下葉の細胞内において、DNAからタンパク質への生成過程でスプライシング（＊DNAから転写されたメッセンジャーRNA前駆体に含まれるタンパク質合成に、不必要な部分を除き、必要な部分を連結する反応）の異常が生じ、細胞の代謝機能が乱れて、悪性腫瘍ができてしまったと考えるに至りました。

精神的要因

精神面では、私は、①「癌に対する恐れ」と②「死者に対する深い悲しみ」が癌に寄与していたのではないかと考えました。

まず、「癌に対する恐れ」についてですが、私は、長い間、癌に囚われておりました。健康志向であったことから、発癌性があるものは極力避けて、タバコは吸わず、電子レンジを控え、コンビニ弁当は食べず、スナック菓子も食べず、ジャンクフードもできるだけ避けておりました。

私が医療従事者に進むきっかけになったのも、癌を克復したいという気持ちからでした。歯科医師を目指したのも、口腔外科に進むことで癌治療に携わることができ、かつ、他の科の医師にはできない歯科治療ができるからでした。
しかし、口腔外科に進み、癌患者と多く接すると、益々、癌に対する無力感に襲われました。現代医学が癌を克服できていない現状から、なんとか医学の発展に貢献したいと思うようになりました。

そこで、遺伝子レベルから発癌のメカニズムを解明するために、東京大学大学院先端医療研究センターの細胞療法学研究室に入室しました。大学院時代の最初の二年間は、四六時中、癌のことばかり考えておりました。また、健康志向から白米やパンや麺類などの炭水化物を止めて、極力甘いものを控えるようにしておりました。
しかし、このような生活は、「思考が現実化する」という量子力学的な見地に立つと、私は、意識的にも無意識的にも癌のことばかり考えた結果、癌に対する恐れが現実化してしまったとも考えることができます。

次に、「死者に対する深い悲しみ」についてですが、東洋医学的には、肺の疾患は「深い悲しみの表れ」とされます。この「悲しみ」には、自らが社会的に認められないという悲しみも含まれます。確かに、私にも、そのような悲しみがあったのかもしれません。

しかし、社会的に認められないことについての悲しみが発癌に関与しているのであれば、令和四年末に癌が発症しなくてもよいはずです。というのも、若い時期のほうが認められたいという欲求が強かったからです。

そう考えると、私がこの時期に感じていた悲しみは、社会的に認められないという悲しみではなく、他に原因がありそうです。そこで、考えられたのが、法医解剖時における死者に対する深い悲しみです。

私は、大学院の最初の二年間は細胞療法学の研究室でしたが、過労と睡眠不足から体調を崩したため研究室を代え、最後の二年間は法医学教室にて研究に従事しておりました。

法医学教室では、ほぼ毎日のように法医解剖で死者と直接向き合っておりました。法医解剖される方々は、事件や事故に巻き込まれたり、突然死であったり、孤独死であったり、自ら命を落としたり等々、幸せな死に方ではない方々がほとんどでした。私は、死者と向き合う時には、極力、感情移入をしないように努めておりました。

しかし、実際には、気分が落ち込むことが少なくありませんでした。毎日、死者と対峙することで、悲しみが蓄積されていったのかもしれません。その悲しみが肺腺癌に寄与したとは言い切れませんが、無関係ではないように思われたのです。

このように、私は、精神的には癌に対する恐怖心から癌を現実化させ、死者に対する深い悲しみから肺腺癌を発症させてしまったのではないかと、考えることができました。

考えを巡らせることで、理不尽に思われた肺腺癌が、自らに原因があることに気づいたのです。全ては、自業自得でした。自らの無知と傲慢さが癌を発症させていたのだと気づいたことで、私は、肺腺癌を受け入れることができたのです。

第4節　癌に感謝する

肺腺癌の発症が、自らの無知と傲慢さが原因であることに気づいたとき、ふと、細胞療法学での研究生活を思い出しました。私は、白血病や骨髄異形成症などの血液腫瘍に対する治療薬開発のための基礎研究として、遺伝子操作をして細胞異型を作り、増殖させて擬似的な癌の状態を発現させておりました。

研究レベルで血球を一つ一つ見てみると、癌の状態になった血球細胞も、可愛く見えてしまうのが不思議でした。これらの細胞異型は、人間の手で意図的にＤＮＡを改編して、遺伝子を操作したことによるものです。ですから、血球細胞そのものには罪がなく、むしろ、血球細胞は被害者でした。研究を通して、私は、癌細胞そのものは醜くて憎いものではない、と感じるようになっておりました。


被害者である悪性腫瘍は、癌になりたくて癌化したわけではありません。そこで、もし私に悪性腫瘍ができていなかったらどうなっていただろうか、と想像してみました。

まず、悪性腫瘍に最も寄与した原因は、物理的原因②の「粉塵の吸入」にあると仮定してみました。鼻腔から吸入された金属は気管を通り、肺胞に留まります。肺胞に溜まった金属の粉塵は、酸素交換の際に、血液に混入してしまうこともあるでしょう。血液に混じった金属片は、血流に沿って体内を巡ります。その金属は、体内を巡り巡ったあげく、毛細血管に留まります。その留まったところに、さらに金属や血球の老廃物が溜まると、血管は詰まってしまいます。そして、詰まった血管が破裂したら、そこが脳であれば脳梗塞に繋がりますし、心臓の栄養血管であれば心筋梗塞に繋がります。

このように考えると、もしこの悪性腫瘍がなければ、私は、脳梗塞や心筋梗塞が生じるリスクが高く、もしかしたら私は、死んでいたのかもしれません。歯科医師は、四〇代後半から六〇代にかけて脳梗塞や心筋梗塞で突然亡くなる方々が多い事実に鑑みると、その可能性は低くないように思えました。

そこで、この悪性腫瘍は、私が吸入した金属の粉塵が体内に巡らないようにせき止めてくれていた、命の恩人ではないか、と思えてしまったのです。

そのように悟ったときに、癌に対する感謝の念が湧いてきました。それは、人生のどん底で暗闇を彷徨っていた私にとって、「光」が差し込んだ瞬間でした。

「光」は、とても優しく、暖かく包んでくれました。自然と涙が溢れました。それからは、目の前に見える世界が、別世界のように感じることができました。希望に満ちた世界が広がっておりました。目の前に広がる世界は、神々しく感じられました。「光」は、私の心が暗闇を作りだしていたことに気づかせてくれたのです。

私は、心の中に神様を見つけることができたのです。

そのように考えると憎むべきは、癌ではなく、己の無知と傲慢さになります。しかし、私には、自らの無知と傲慢さを憎んで自己嫌悪に陥る余裕なんてありません。悪性腫瘍となった肺腺癌は、臓器不全を引き起こし、日に日に身体を蝕んでいきます。この癌細胞達を、どうしたら制御することができるのか、どうしたら正常な細胞に戻してあげることができるのか、それが、私のせめてもの罪滅ぼしと考えたのです。

そこで、仮説を立ててみました。全ての原因が私にあるとしたならば、すなわち、癌細胞の増殖が私の無知と傲慢さという、今までの考え方や行動様式が生んだものであるならば、考え方や行動様式を変えれば、癌細胞は消えるのではないか。

私は、癌細胞を消してみせようと決意しました。癌細胞が消えれば手術を受ける必要はないのですが、手術をキャンセルする勇気がありませんでした。口腔外科医として口腔癌の手術に携わった経験があるのにも関わらず、いざ自分が癌患者となったときに手術を避けるのは自己否定に繋がり、卑怯なように思えました。

ですので、私は、手術を受けることを止めませんでした。それどころか、手術により摘出した右肺下葉から癌を消すことで、この仮説が正しいことを証明しようと決めたのです。神性なる無限の力によって癌を消すことで、いわば「神の証明」を試みたのです。

やり方はわかりませんでした。しかし、自らの閃《ひらめ》きに従って、内なる声を聞いて、残りの人生を自分のためでもなく、他人のためでもなく、もっと根源的なものを証明するために、神様のために生きてみようと決意したのです。

第5節　年末年始の目覚め

大晦日は、癌と向き合い、死と直面して、暗闇の中で「光」が照らし、自らの中に神様を見出しました。とはいえ、朝を迎えれば夜が来るように、一人でいると不安になり、憂鬱になります。暗闇を照らした「光」も弱まり、せっかく見出した神様も隠れてしまいます。すると、手術後の闘病生活の辛さを想像したり、私のいない世界で両親が悲しむ姿を想像したりしてしまいます。癌を患っていなかった人生の別の世界線が想起され、やりたかったことが沢山あったのに、それをやらなかったことへの後悔の念が沸々と湧いてきます。

襲ってくる不安や憂鬱を振り解くために、初詣に行こうと思い立ちました。近くの神社では気分転換ができず、車を運転したかったので、箱根神社へ行くことにしました。泊まりに来ていた十八歳の甥が一緒に行きたいというので、二人で行くことにしました。令和五年一月一日午前一時頃に出発しました。この時、甥は私が癌を患っていることを知りませんでした。

私は、他愛のない甥の学生生活の話を聞いておりました。甥は、母を乳癌で亡くしているので、私も癌の話題を切り出しませんでした。箱根神社に向かう芦ノ湖周辺は大渋滞しており、箱根神社に到着したのは、午前3時頃になってしまいました。

夜中の3時でも、箱根神社の境内は賑わっておりました。本殿までの階段を登ると、行列も少なく、すぐに本殿に到着しました。私の神社への参拝方法は、二礼二拍一礼をして、簡略した祝詞（略拝詞）を奏上して、住所と名前を告げて、覚悟と感謝を述べます。

祓え給え清め給え守り給え幸え給え
祓え給え清め給え守り給え幸え給え

祓え給え清め給え守り給え幸え給え
〇〇県〇〇市（住所）から来ました小林漸と申します。
この度は、癌を患ってしまいましたが、これを機に今までの考え方や生活習慣を改め、これからは神様のために生きて参ります。もし、私が人類の進歩、発展に必要な人間であるならば、これからも生きながらえさせてください。
私に必要なメッセージがありましたら、閃きを通して伝えてくださると有難く存じます。この度は、参拝させていただきありがとうございました。

目を開けると、甥は参拝し終えて、私が参拝を終えるのを待っていた様子でした。その後は、境内を散歩して、コンビニでおせちを買って、帰りました。

祈る

帰宅途中で睡魔に襲われたので、帰宅後は、すぐに布団に入って眠ることにしました。しかし、目を瞑ると、癌を患ってしまった経緯が次々と想起されて眠れません。それを振り切るために、お祈りをしました。

人は神の子です。本来、私たちは一人一人が仏陀《ぶつだ》であり、キリストです。私は光です。私は愛です。私は神です。神の無限の力は、私の心と体を癒します。

そう心の中で唱えると光の球をイメージして、その光が頭からつま先まで身体の隅々を癒すように想像してみました。特に、右肺下葉にある腫瘍が光によって溶けてなくなるようにイメージしました。

癌はこの光により、愛に包まれ、癒されました。癌を治してくださったことに感謝します。ありがとうございました。

この祈りを何度も繰り返しました。すると、いつの間にか眠ってしまいました。

目が覚めると、十一時を過ぎておりました。私は、正月気分に浸れなかったので、午後から研究室へ向かいました。研究室は、私以外には誰もおりませんでした。元旦も、夜遅くまで論文を執筆しておりました。

帰り際に、閉ざされた赤門へ足を運びました。赤門は、加賀藩の前田家が将軍家から妻をもらった際に子宝に恵まれることを祈念して造られた、御守殿門です。生命力に満ち溢れているはずです。

私は、赤門の前でしばらく佇んでおりました。赤門でパワーを頂いて、最終の新幹線で帰宅しました。

未来から逆算して、完了形で感謝する

心の変容を機会に、心配事や不安に襲われたら、祈るようにしました。その際には、なりたい未来像をイメージして、未来から逆算して、完了形で感謝することに意識しました。併せて、今までの生活を振り返り、考え方や行動様式を変えるために、意識したことは次の三つです。

睡眠時間を多くとる

日本には、睡眠時間を削って働くことに美学を認める風潮があります。私も、睡眠時間を多くとることにネガティブな印象を受けておりました。そのため、大学受験勉強時から睡眠時間は最低三時間確保すればなんとかなる、というマインドになっておりました。その影響もあり、大学院時代は、一週間に三十時間の睡眠を取れば良いほうで、三十時間未満のほうが多かったくらいです。

しかし、癌を患って、睡眠時間の確保が大切であることを痛感しました。それまでは、私は、人が寝ている時こそ差を縮める時間だと捉えておりました。夜中に作業をすることで、優秀な人たちに追いつき、あわよくば追い越せると考えていたのです。その結果、癌を患ったのです。

そこで、私は、無理をして優秀な人たちと競い合うことは止めました。睡眠時間を削るのではなくて、無駄な時間を少なくして、作業を効率化することで、成果を出していこうと考えを改めることにしました。癌を患ったことで、初めて寝ることに対する罪悪感を払拭することができました。それ以降、できる限り一日六時間以上は寝るようにこころがけました。

偏食を止める

癌発覚の前、令和四年七月にウイルス性腸炎を患って、診療をキャンセルしてしまってからは、私は、反省の意味を込めて食生活を改めました。具体的には、できる限り砂糖と炭水化物を控え、野菜を多くとり、主食は豆腐と納豆という感じでした。そのため、87．５kgあった体重が年末には68．５kgまで落ちておりました。当時は、食生活を変えたから体重が減少したと思っていたのですが、癌が影響していたのかもしれません。

体重が減ると体も軽くなって、体調が良くなってきたと感じていたのですが、癌が発覚してしまいました。ですので、私は、極端な健康志向の偏食も、我慢している限り、良くないのではないかと思うようになりました。

癌発覚後は、砂糖と炭水化物を極力控えつつも、我慢せずに、食べ物に感謝して、バランス良く食べるようにこころがけました。また、癌に良いと評判のサプリメント（ビタミンC、ビタミンD、マグネシウム、DHA）を一日の摂取量以上にとることにしました。

日々に感謝する

癌宣告を受けて、自らの死を認識することで、一日がとても貴重なように思えてきました。平凡な一日であっても、人は、お互いに支え合って生きていることに気づきました。お金を払えば、電車に乗れば確実に駅へ運んでくれるし、ご飯だって食べることができます。電車を運転してくれる人も、飲食店でご飯を作ってくれる人も、いろんな人生を背負ってきているはずです。そのような方々と一瞬でも触れ合うことができるのは、なんだかとても素晴らしいことのように思えてきたのです。

太陽が東から登って西に沈むまで大地を照らしてくれるのも、当たり前のことではないように思えてきました。太陽が照らしてくれるからこそ、植物が生い茂ることができ、私たちは、見ることができるのです。そして、目に見えるもの全てが生命を持って一所懸命に生きていることを目の当たりにすると、私も頑張って生きよう、頂いた命を大切にしようと生命力が漲《みなぎ》ってくるようになりました。

癌を患ってからは、生きているだけで有難く、一日一日に感謝することができるようになりました。

やりたくてもできなかったこと

癌を患ってから、毎日祈り、感謝して、偏食を止めて、睡眠時間を多くしたのですが、やりたくてもできなかったことが一つありました。

それは、笑うことでした。笑うことは免疫力のアップに繋がるのですが、私は、癌を宣告されてから笑うことができなくなってしまいました。YouTubeでお笑い芸人の番組を観ても、それまでは笑えたものが、なぜかイライラしてしまうのです。

そこで、現在活躍されている芸人の動画ではなく、昔の番組を観てみました。しかし、今は亡き芸人が活躍している姿を拝見すると、子供の頃の記憶が蘇り、涙が出てしまうのです。ですので、夜は、動画を観ては涙が溢れてしまい、しばらくしたらお祈りをして、眠る日々が続きました。

私は、癌宣告を受けてから笑うことができなくなってしまいました。裏を返せば、このような辛い状況下でも笑うことができる方が、癌を克服できる人なのかもしれません。

第6節　手術までの日々

修禅寺へお墓参り（令和五年一月三日）

正月三ヶ日の三日目は、ご先祖様への挨拶のため、修禅寺へお墓参りに行きました。今まではご先祖様への挨拶のためでしたが、この時は心境が異なりました。早ければ年内にも、私もここに眠っているかもしれないのです。手術が失敗したり、癌が進行したら、次にお墓に入るのは、私です。

「そんな大袈裟な」と思われるかもしれませんが、日頃、法医解剖に携わっていると、手術中に亡くなってしまうケースは現在でも見うけられます。私だけは大丈夫なんてことはいえません。

私の遺体が焼却され、遺骨となり、この墓に眠っている時はどのような感じなのだろうかと想像しました。「私」という意識が残っていて、浮遊霊のように彷徨っているのかもしれません。「千の風」の歌詞にあるように、誰かを見守っているのかもしれません。きっと、私の亡き世界で悲しむ両親を、一生懸命に励ますのでしょう。

それとも、「私」という感覚が何もなくなり、只々、「無」となるだけかもしれません。もしくは、「天国」にいって、ご先祖様や先に亡くなった友人等と仲良く暮らしているのかもしれません。もしかしたら、「この世」で生きていた記憶が消去され、全く別の世界に生まれ変わっていることも考えらます。

思いを巡らすと、現在生きている「この世」の世界が「うつ世」なのかもしれないとも思えるようになってきました。そうだとしたら、私は、何のために「この世」に生まれてきたのでしょうか。

確実にいえることは、遅かれ早かれ、私は、死ぬということです。死ぬために「この世」に生まれてきたのであれば、「この世」を少しでもより良いものにして、次の世代に引き継がせたいものです。

癌を患ってからは、お墓参りは、自らの死を見つめ直し、生きる活力を与えてくれる機会となりました。

研究室員に報告（令和五年一月四日）

令和五年一月四日、研究室に伺いました。周囲にいた先生方に、肺腺癌を患った旨を報告し、投稿中の論文が一段落したら治療に専念することを報告しました。併せて、私のCT画像を見せて、意見を伺ったところ、悪性腫瘍が疑わしいという意見に落ち着きました。ただ、術式は、信頼できる先生にセカンドオピニオンを受けたほうがいいのではないか、との意見もあったので、次の診察日にセカンドオピニオンの要否について伺うことにしました。

事情を説明したあとは、投稿した論文を査読員の意向に沿って訂正しておりましたが、全然、集中できませんでした。気分転換に御徒町まで行き、「アメヤ横丁」を散策しておりました。散策している最中、靴屋の前を通ると、比叡山インターナショナルに申し込んでいたことを思い出しました。いつまでもメソメソしているのは闘病生活においても良くありません。そこで、比叡山インターナショナルを23㎞のショートコースに変更して、出場してみようと閃いたのです。その決意表明として、トレランシューズを購入しました。このシューズで、五月には絶対に比叡山を走ってみせる、そう誓いました。

PET‐CT検査（令和五年一月五日）

翌日の一月五日は、PET‐CTの検査のため、朝五時から絶食でした。やることがないので、九時まで布団の中で眠っておりました。

十時に病院に到着して、検査室の前で待っておりました。予定時刻は十一時でしたが、その二十分前に呼ばれました。まずは、検査のための薬（18F-FDG）を静脈注射されました。カーッと一気に血糖値が高まった気分になりましたが、「一時間弱、横になってください」とのことでしたので、簡易ベッドに横たわりました。

目を瞑って、時間が経過するのを待つことにしました。すると、瞼の裏に、平等院鳳凰堂の景色が飛び込んできたのです。

瞼の裏に浮かんだ鳳凰堂は、柱が朱色ではなく、今とは雰囲気が異なっておりました。平成の改修後のような煌びやかなものではなく、質素な佇《たたず》まいでした。

しばらくは俯瞰して眺めておりましたが、映像は、鳳凰堂の中に移りました。薄暗闇の中で仄《ほの》かに輝く阿弥陀如来が、私を見つめております。只々、じっと私を見つめております。

何か話しかけてくれるのかと期待したのですが、何も語りかけてくれません。私は、阿弥陀如来の目をじっと見つめておりました。すると、突然、身体が宙に浮き、阿弥陀如来に吸い寄せられていきました。阿弥陀如来の目の中に吸い込まれそうになり、ぶつかる瞬間、思わず目を開けてしまいました。


目を開くと、病院のベッドの上でした。続きを見ようと、再び目を瞑りましたが、何も現れてくれません。阿弥陀如来の目に吸い込まれた先は、どのような世界が待っていたのか、その先が知りたかったので残念でした。

不思議な体験でした。なぜこのような映像が現れたのか、意味がわかりません。もしかしたら、平等院鳳凰堂に呼ばれているのかもしれません。そこで、手術後に落ち着いたら、平等院鳳凰堂を訪ねてみることにしました。

四〇分過ぎたところで、ＣＴ室に呼ばれました。ベッドに横たわる際に、「比較対象のため、もう一度、胸部のＣＴも撮らせてください」と言われました。一週間前にも撮影したばかりなのに、どれだけ被曝させれば済むのか、と不満でしたが、思考が停止していたのか「はい」と答えてしまいました。

胸部のＣＴ撮影が終わった後に、全身のＰＥＴ‐ＣＴの撮影をしました。全ての撮影が終わったときには、午後一時半頃になっておりました。この日は、二度ＣＴ撮影をしたので、約33 mSv の被曝量でした。

検査を終えて窓から外を望むと、海が輝いておりました。この日の海は、私の気持ちとは無関係に綺麗でした。

二度目の診察（令和五年一月七日）

年明けの最初の診察は、一月七日の十二時半からの予約でした。この日も早めに病院に行き、十二時前には受付を済ませました。呼ばれたのは、予定よりだいぶ遅れて午後一時過ぎになっておりました。診察室に入ると、甲医師よりPET‐CT検査の結果が告げられました。PET‐CTでは、癌の転移は確認できないとのことでした。予定通り一月二十六日に手術を行うことになりました。

私は、セカンドオピニオンについて伺いました。

「二十六日に手術を受けることには問題ないのですが、その前にセカンドオピニオンを受けることは可能でしょうか？」

すると、穏やかな甲医師の表情が、一瞬、曇りました。

「セカンドオピニオンを受けるのは患者の権利なので自由ですから、受けたければどうぞ受けてきてください。ただし、その間、検査等を一旦停止することになるから、手術日は、二月以降にずれ込んでしまうけどいいのですね？」

私は、想定外の甲医師の対応に戸惑いました。

「えっ、手術日をそのままにして、セカンドオピニオンを受けることはできないのですか？」

「そりゃあそうでしょう。セカンドオピニオンを受けて、突然、手術を止めると言われたら、全ての検査が無駄になりますからね。ちなみに、セカンドオピニオンはどこに受けるか決めているのかね？」

「はい、Ｘ病院の乙先生（仮名）にお願いしようと思います」

「乙先生に、何を伺いたいのですか？」

「画像を見て悪性腫瘍が疑わしいということは、私の研究室の先生たちにも伺ったところ全員一致でしたので、診断については問題ないのです。ただ、術式について意見が出たので、術式について右肺下葉を全て摘出するのが適切なのか、部分切除をすることができないか伺ってきたいと思います」

甲医師は、「やれやれ」といったような半ば呆れた表情を浮かべました。

「乙先生なら、私たちの仲間だから、私と同じ診断をするはずですよ。といいますか、私の診断は、私の独断的な見解ではなくて、日本呼吸器外科学会の標準的な治療方針に則って判断しているのです。君の症状なら、右肺下葉に60㎜の悪性腫瘍があるのだから、一〇〇人の呼吸器外科の専門医がいれば、一〇〇人とも下葉切除を選択します」

「一〇〇人中一〇〇人ですか？」

思わず呟いてしまいました。

「もしかしたら、一〇〇人中一人くらいは、患者を集めるために、いわば金儲けのために低侵襲を謳《うた》って、取り残してしまうリスクに目を瞑り、部分切除をする先生もいるかもしれません。でも、私は、そのような先生がいたら軽蔑します。だって、そうでしょう。部分切除をして、もし癌が残ってしまったらどうするの？　また手術しなければならなくなるのだよ。もし中葉に転移してしまったら、今度は中葉をも切除しなければならなくなるのだよ。

私たちの診断は、決して日本特有のものでもなく、国際基準に則って診察しているのです。全世界共通のワールドスタンダードに則って、私は診断しているのです。ですから、乙先生も当然、同じ診断をするはずです。同じ診断がされるのに、セカンドオピニオンを受けて、手術が一ヶ月遅れてしまい、そのために癌が転移してしまったらどうするのだね。手術が成功したけれども、転移してしまったので、また手術となったら、元も子もないではないですか。せっかく、ＰＥＴ-ＣＴ検査で癌の転移がないことが確認できたのであれば、すぐに手術を受けるのが懸命ではないですか」

私は、迷いました。たった60㎜の腫瘍のために、肺の三割を切除することは納得しておりませんでした。でも、一〇〇人中一〇〇人の専門医が下葉切除を選択し、それがワールドスタンダードであるならば、セカンドオピニオンを受けに行くのは、無駄のようにも思えました。ましてやセカンドオピニオンは、医療保険が適用できないので費用は四万円かかります。四万円を払って術式が変わらず、手術が一ヶ月も遅れてしまうのであれば、セカンドピニオンを受けることがリスクでしかないように思えたのです。

「わかりました。先生の言葉を信じて、先生に全て委ねようと思います。予定通り二十六日に手術をお願い致します」

私は、セカンドオピニオンを受けることを止めました。それからは、術式の説明を受けて、造影ＣＴ及び造影ＭＲＩの検査日を予約しました。社会復帰については、術後、二〜三週間経過後には可能であるとのことでした。

私は、会計を済ませると、そのまま家に帰る気にはなれず、ドライブすることにしました。十国峠へ向かいました。

十国峠を越えて箱根に向かうルートはドライブで何度も通っていたルートでした。途中に、市営火葬場を通ります。見慣れた風景でしたが、この時は、胸が苦しくなりました。万が一の場合、あと数週間後には、私も火葬される立場になっているかもしれない、と考えただけで胸が締め付けられる思いがしたのです。

十国峠から眺める夕陽は綺麗でした。不安が大きかったぶん、夕陽が綺麗に見えました。私の気持ちとは関係なく、太陽は輝いてくれるのです。夕陽を見るだけで癒されました。陽が暮れるのを待ってから、帰宅しました。

歯科所見採取（令和五年一月十一日）

十一日は、身元不明遺体の歯科所見を採取しに、千葉大に伺いました。東大のI教授が千葉大の教授を兼任していた関係で、私は、千葉大の特任研究員も兼任しておりました。

I教授に癌を患った旨を対面で伝えて、その日をもって法医解剖に入るのを最後にさせてもらいました。私の肺腺癌には、死者に対する悲しみが影響しているとしたならば、御遺体に触れないほうがよいと考えたからです。

この日は、東京医科歯科大のS教授と一緒に歯科所見を取ることになりました。S教授にも、肺腺癌の手術を受ける旨を報告しました。すると、S教授は、かつて自らも事故に遭い、長期間入院したことがあった経緯を話してくれました。術後は、首が動かずに大変だったようです。

それでも、Ｓ教授が元気で活躍している姿を見ると、勇気づけられました。驚いたことに、私の手術日は、Ｓ教授の還暦の誕生日でした。その日は、私にとっても新しい人生のスタートの日でしたので、ご縁を感じました。

千葉大での歯科所見採取を終えると、年末に面接をしたクリニックの二次面接があるので、走って千葉駅へ行きました。術後に走れなくなるかもしれないと思うと、走りたかったのです。横浜の審美歯科クリニックでは、理事長と話し合って、入社することに決めました。ただし、癌であることは告げませんでした。手術をすれば治っているのだから、敢えて告げる必要はないと考えたからです。二～三週間で復帰できるという甲医師の言葉を信じて、二月下旬より仕事を始めることにしました。

造影ＣＴ検査（令和五年一月十二日）

十二日は、造影ＣＴの検査日でした。午前中は東大で法医解剖の業務にあたり、十一時に学食で早めの昼食を取りました。夕方の午後四時半に造影ＣＴ検査があるので、十二時より絶食だったからです。昼食を食べてから帰宅させてもらい、病院に寄りました。

検査で被曝すると考えるだけで憂鬱でしたが、落ち込んでいる暇はありません。早めに病院に着くと、すぐに検査室に呼ばれました。

ヨード造影剤が入った瞬間、身体がカーッと熱くなりました。肛門括約筋が緩み、一瞬、漏らしてしまったかと思ったほどです。造影剤を入れてからは、普通のCTと同じ検査でした。この日は、約20 mSv の被曝でした。

この1ヶ月半で約86 mSv の被曝となりました。線量限度は、職業として放射線を扱う人が1年間で50 mSv 以下、五年間で100mSv 以下、一般の人が一年間で1mSv 以下と法律で定められています。私の場合は、治療に必要なものですが、短期間で大量の放射線を浴びてしまいました。被曝の影響からか、鏡を見つめると、皺やシミが増えていて、いかにも病人といった表情になってしまったことにショックを受けました。

大野山トレラン講習会（令和五年一月十四日）

十四日は、トレランの講習会に参加しました。五月の比叡山インターナショナルに出場するために、術前でも心肺機能を向上させておくためにトレランの講習会に参加したのです。ＪＲ御殿場線山北駅から大野山を登って降りるという、約15㎞のコースでした。

大野山は、丹沢山塊の南西部の標高７２３ｍの山です。晴れた日は、山頂から富士山を望むことができます。実家から歩いて登ることができたので、小学生の頃から何度も登った山でした。

この日は、身体が重く、すぐに疲れてしまいました。頂上では小雨が降っており、富士山を望むことはできませんでした。昼食を終えると、山降りは、人生最後の全力疾走だと思って、力一杯駆け下りました。人生で一番多く登った大野山で、人生最後の全力疾走ができたことに幸せを感じました。

造影MRI検査（令和五年一月十六日）

十六日は、造影MRIの検査日でした。この日は法医解剖がなかったので大学には行かず、家で国際誌へ投稿する論文の最終チェックをしておりました。午後四時半から造影MRI検査でしたので、十二時より絶食でした。十一時頃に豆腐と納豆を食べて、家を出るまで論文の投稿の準備をしておりました。

この日も、早めに病院に行くことにして、午後四時前には病院に到着しました。造影MRI検査は、造影剤であるガドリニウム化合物を静脈注射することで血流の状態をみるものです。造影CTの造影剤は注入時に肛門括約筋が緩んだので、今回も警戒しておりました。しかし、ヨード造影剤と異なり、それほどカーッとならず肛門括約筋も緩まずに済みました。

三度目の診察（令和五年一月十八日）

十八日は、術前最後の診察日でした。診察は午後四時十五分の予定でした。午前中は東大で、国際誌に論文を提出しました。論文を提出したことで一安心して、帰宅中の新幹線では何もせず、景色を眺めておりました。

時速３００㎞で過ぎ去りゆく景色を眺めていたら、ふと、ＰＥＴ・ＣＴ検査の時に現れた平等院鳳凰堂の映像が浮かんできました。阿弥陀如来が私を見つめております。

手術後に平等院鳳凰堂を訪れようと考えていたのですが、気になって仕方なくなりました。六日後には入院するので、手術前に行くなら今週末しかありません。京都市内を最後に走りたいという欲求にも駆られました。居ても立ってても居られなくなり、明日、京都へ行くことにして、すぐさまホテルを予約しました。

午後三時頃に家に帰宅しました。この日は、手術の説明を受けるので、両親と一緒に病院に向かいました。午後四時前に病院に到着しましたが、診察のときは待ち時間が長く、今回も診察を受けたのは午後五時半頃でした。私は、覚悟を決めていたので、手術の説明を聞いても、ひたすら成功を祈る気持ちで一杯でした。

両親が甲医師にいろいろと質問をしたのですが、甲医師の説明は決して上手とはいえず、両親には通じていないようでした。甲医師は、何度も同じ話をするのが面倒くさそうでしたので、私が両親に術式を説明しました。その意図は、私から両親に力強く説明することで、両親の不安を解消させたかったのです。

第7節　京都旅行(令和五年一月十九日から一月二十一日)

翌十九日の朝、始発の新幹線で京都に向かいました。平等院鳳凰堂以外は、どこに行くかは決めておりませんでした。新幹線の中では、YouTubeで「京都観光おすすめスポット」と検索して、一連の動画を観ておりました。

平等院（令和五年一月十九日）

京都駅には八時前に到着し、JR奈良線に乗って、平等院へ向かいました。朝の平等院は清々しく、気持ちの良いものでした。この清々しさの中に身を置くと、心が洗われる感じがして、癌を患っているとは信じられませんでした。
鳳凰堂には、九時半の時間帯で入ることができました。平等院には何度も訪れておりますが、鳳凰堂に入るのは二十七年ぶりでした。久しぶりに、間近でみる阿弥陀如来に感動しました。そして、祈りました。

○○県○○市（住所）から来ました小林漸と申します。この度は、お招きくださりありがとうございました。
ご存じの通り、私は、癌を患ってしまいました。しかし、私は、癌を患うことで、目覚めることができました。人は、神の子であり、一人一人が仏陀であり、キリストであることに気づくことができたのです。これからは、そのことを証明するために生きていきます。癌を治してくださりありがとうございました。私に必要なメッセージがありましたら、閃きを通して伝えてくださると有難く存じます。

祈り終えると目を開けました。目を開けてじっと阿弥陀如来を見つめました。しかし、何も語りかけてくれません。目を閉じて瞑想しても、何も閃きません。

内部拝観は、拝観時間が区切られているので、制限時間を迎えると、促されるように鳳凰堂を出ることになりました。ここに来れば何か語りかけてくれると期待していただけに、肩透かしをくらったような感じがしました。

鳳凰堂の脇にある鳳翔館は何度も来ているので、ざっと見て、すぐに出ようと決めておりました。鳳翔館の中に入ると、長年、鳳凰堂に佇んでいた初代鳳凰が展示されておりました。鳳凰は、正面を見据え、今にも羽ばたこうとしております。

不思議と、この鳳凰に釘付けになりました。何度も素通りしていたのですが、このときだけは、鳳凰を前にすると身動きがとれなかったのです。

すると、胸の奥底に、鳳凰が眠っている姿が閃きました。私の心の奥底には、鳳凰が眠っておりました。鳳凰を目覚めさせて、育み、不死鳥として羽ばたくことができれば、きっと癌は消えて無くなる。鳳凰が自由自在に羽ばたくことができれば、無限の力をコントロールできるようになる。そのような映像が閃いたのです。

しばらく、この余韻に耽っておりました。そして、この閃きこそ、阿弥陀如来が見せてくれたのではないかと確信しました。肩透かしをくらったように感じましたが、阿弥陀如来は、時間を置いて、語ってくれたのです。

心の奥底に眠っている鳳凰は、希望の光でした。感動して、涙が溢れそうになりました。

気がついたら、鳳翔館に多くの観光客が入っておりました。涙目で佇んでいる姿を多くの人に見られたくなかったこともあり、鳳翔館を出ることにしました。そして、深々と頭を下げて平等院を出ました。

これだけで十分でした。京都にきた甲斐があったと満足しました。平等院を出てからは、宇治神社と宇治上神社を参拝しました。

ホテルのチェックインまでだいぶ時間がありました。次にどこに行こうかと考えたところ、心の奥底に眠っている鳳凰を目覚めさせるためにも、鳳凰が祀られているところに行くことを思い立ちました。そこで、金閣寺に向かうことにしました。

伏見稲荷大社（令和五年一月十九日）

宇治駅から京都駅に向かいました。電車が稲荷駅に停車したときです。車内のアナウンスで

「稲荷」という響きが耳に入った途端、急に稲荷寿司が食べたくなりました。気がついたら、ドアが閉まる前に、慌ててホームに降りておりました。

伏見稲荷大社は、京都一周トレイルの東山コースのスタート地点なので、研修医時代には何度も来ておりました。東山コースは、伏見稲荷大社から清水山、インクライン、大文字山四ツ辻、哲学の道を経て、比叡山に至る約25㎞のコースです。京都在住時に最も多く走ったコースでした。

稲荷駅を降りると、「まねき多幸」で稲荷寿司を食べました。京都に旅行した際や、京都市に住んでいる時にも、何度も訪れた店でした。稲荷寿司を食べると、健康だった当時を思い出し、涙が出てしまいました。

稲荷寿司を食べた後は、稲荷伏見大社に参拝しました。稲荷山には登りませんでしたが、それでも稲荷伏見大社は見どころが多く、感動しました。

空腹が満たされると、金閣寺まで行く気になれませんでした。ただ、せっかくなら、初めて訪れるところに行こうと思い立ちました。そこで、新幹線内でYouTubeを見て初めて知った、「なんでも願いが叶う」と有名な鈴虫寺に行くことに決めました。京阪本線の伏見稲荷駅から阪急で向かうことにしました。

鈴虫寺（令和五年一月十九日）

鈴虫寺は、正式には華厳寺といい、京都府京都市西京区にある臨済宗の寺院です。京都一周トレイルの西山コースの終着点に近いので、何度か寺院の前を通ったことがあったのですが、全く記憶に残っておりません。阪急嵐山線の松尾大社駅で降りて、徒歩十分で鈴虫寺に到着しました。

平日であるにもかかわらず、行列ができておりました。しかも、そのほとんどが女性で、女性専用の寺院なのかと思ったくらいです。

書院に入ると、多くの人々が座っておりました。平日でも住職の説法を拝聴しに、多くの人がお参りに来るようです。いくつかの説法を拝聴することができたのですが、特に印象に残ったのが、「一切唯心造」の説法でした。

「一切唯心造」とは、華厳経の中にある言葉で、全ての現象や存在は自分の心が作り出したものであるという意味です。住職は、自分の心を変えることで全ての現象が好転する、と仰っておりました。私は、仏教にそのような自己啓発的な発想があったことに驚きました。「一切唯心造」が本当ならば、心が変われば、癌だって治るはずです。

説法に感動したので、住職と会話させていただきました。鈴虫寺には、私のように癌を患った方が多くお参りにくるようです。

「必ず癌が治るとはいえませんが、きっと手術は成功して完治しますよ、そのようにお祈りしております」と励ましてくださいました。

私は、感謝の念で一杯でした。京都市の隅にある小さなお寺なのに、沢山の行列ができる理由がわかった気がしました。鈴虫寺を出ると、嵐山まで歩くことにしました。

嵐山（令和五年一月十九日）

嵐山までの道の途中で、月読神社と松尾大社に参拝しました。月読神社は、西山コースを走った時に何度か立ち寄り、休憩させて頂いた神社でした。松尾大社の摂社で、境内に神功皇后ゆかりの安産信仰発祥の石「月延石」が御奉祀されており、「安産守護のお社」として崇められております。
松尾大社は、酒造りの神様として有名で、秦氏がユダヤ人であったことなどを伝え、様々な伝説が残る有名な神社です。松尾大社駅より東側は、桂川が流れており、夏場は絶好のバーベキュースポットです。

嵐山の渡月橋に着くと、桂川を眺めて、物思いに耽っておりました。二十年前、イタリア留学から帰国後に嵐山を訪れたとき、嵐山がトリノ近郊のポー川の景色に似ていると懐かしく感じました。そこに佇むと、ポー川が流れているようでした。嵐山が多くの国々の人々を惹きつけるのは、嵐山が故郷の川を追慕させ、魂を揺さぶるからかもしれません。
嵐山で物思いに耽った後は、チェックイン可能の時間になったので、ホテルへ行くことにしました。ＪＲ山陰本線の嵯峨嵐山駅から、京都駅へ向かいました。

二条（令和五年一月十九日）

京都駅に向かう途中、電車は二条駅に停車しました。ここでも「二条」という響きが耳に入った途端、無性に二条城の周辺を歩きたくなったので降りることにしました。二条城は何度もジョギングで周回した場所でした。一周2㎞程度なので、五周すれば10㎞走ることができます。研修医時代には仕事後に、一周十分以内で走ることを目標にストップウォッチを見ながら、何度も、夜中に息を切らして走ったものでした。

二条城の脇を歩き始めたら、二度と走れなくなるかもしれないと思うと、涙が溢れてきました。癌になったことが悔しくて号泣してしまいました。

二条城の南にある神泉苑は、延暦十三年（七九四年）、桓武天皇により禁苑（＊宮中あるいは貴人の庭園）として造営され、かつては歴代の天皇が行幸された宴遊地でした。天長元年（八二四年）、空海が神泉苑の池畔にて祈り、北印度の無熱池の善女龍王を勧請した地です。立ち寄って、善女龍王社に参拝しました。

東へ向かうと、金色に輝く鳥居の御金《みかね》神社があります。京都に住んでいたときは、成金っぽくて、下品な感じがして、好きではありませんでした。しかし、YouTubeで金運アップとして有名だということを知ったので、癌治療は費用がかさみ、しばらくは無職が続くので、参拝させていただきました。

御金神社を出ると、そのまま南下して、京都駅前のホテルにチェックインしました。当初は一泊の予定でしたが、久しぶりに京都市内を歩いたら行きたいところが沢山できたので、連泊することにしました。この日は、朝早くから長時間歩き回ったので、チェックイン後はひと眠りしました。

ジョギング（令和五年一月十九日）

午後七時前に目が覚めたので、夜の京都の街を走ろうと思い立ちました。早速、ジャージに着替えて、京都駅前から走り始めました。七条大橋から鴨川沿いに入ることにしました。

鴨川沿いは、何度も走ったものでした。京都駅前まで買い物に行くときも、リュックを背負って、鴨川沿いを走って向かったものです。これが最後の鴨川沿いのジョギングかもしれないと思うと、涙が止まらず、号泣しながら走り抜けました。

丸太町通からは、道路沿いを走って、京大病院へ向かいました。病院の敷地内にある全快地蔵にお参りしました。全快地蔵は、京大病院で働いていた時に、初めてその存在を知りました。観光名所ではありませんが、熱心にお参りされる方々は少なくありません。その姿を垣間見てからは、私は、このお地蔵さんの前を通るときは必ずお辞儀をしておりました。当時は、まさか自らの病気のことでお参りすることになるなんて、考えもしませんでした。

お地蔵さんは、何も語りかけてくることはなく、いつも通りの御姿でした。お地蔵さんが平常心で迎え入れてくれたことで、私がどんなに落ち込んでいても、世界が変わるものではないことに気づきました。平常心を保つことの大切さを教えていただいたような気持ちになりました。

お腹が空いてきたので、百万遍町まで走り、研修医時代に通っていた定食屋「ハイライト食堂」で晩御飯を食べました。ここで、ふと思いました。走ることができなくなると散々泣いてきたけれど、よく考えてみたら、東京に戻ってからの二年間は、全く走っておりません。ですから、この二年間と同じように生活できるという意味では、手術前も手術後も全く変わらないのです。何も変わらないのであれば、メソメソする必要なんてないのです。

それどころか、ゆっくり走るのであれば、肺が片方あれば十分ではないか、という気持ちになりました。手術後は、記録を求める走りはできなくなりますが、肺の三割が無くなるくらいであれば、フルマラソンを完走することだって可能なように思えました。

心の曇りが晴れたところで、百万遍町からバスでホテルに戻りました。

ホテルに戻って落ち着いてから、研修医時代にお世話になったW先生に連絡を入れました。手術前に京大病院の診療室を、一目見てみたかったからです。そこが、私の歯科医師としてのスタート地点であり、原点でもあったからです。

「診察の邪魔にならない時間帯であれば、挨拶しに行くぶんには大丈夫」とのことでしたので、翌日の午後五時に京大病院に伺うことにしました。

鞍馬寺（令和五年一月二十日）

翌二十日は、どこに行くか決めておりませんでしたが、とりあえず京都駅に向かいました。昨日、訪れることのできなかった金閣寺へ行こうと漠然と決めていたくらいです。ただ、道順としては、午後に金閣寺に参拝してから南下して、京大病院に行くほうがスムーズです。それで、午前中にどこに行こうか悩みました。

ここでふと、大学院の同期であるMさんが、京都で一番好きな場所が貴船神社といっていたことを思い出しました。私は、貴船神社が丑の刻参りの発祥の地であることから良いイメージを持っていなかったのですが、話の種に、貴船神社に行こうと思い立ちました。


貴船神社は、叡山電車の最寄り駅から遠いので、終着駅の鞍馬駅で降りて、鞍馬山を越えてから貴船神社に行くことにしました。鞍馬は、何度も訪れた地でした。京都一周トレイルの北山東部コースに入っており、そのコースは、銀閣寺から比叡山を越えて、大原、静原《しずはら》を経て、薬王坂を越えて鞍馬駅まで走るという過酷なものでした。

この日は、夕方に京大病院を訪問する予定でしたので、ランニングウェアではなく、普段着で鞍馬山を越えることにしました。かつては、鞍馬寺の仁王門から貴船神社へは、走って三十分で到着したのですが、月日は残酷なものです。記憶の中では、なだらかな登り坂も、目の前の急坂に圧倒されてしまいました。坂を登るのに息を切らしてしまい、本殿金堂まで三十分もかかってしまいました。

しかも、この日は真冬なのに気温も高く、物凄い量の汗をかいてしまいました。これでは、金閣寺に寄ってから京大病院に寄ると、汗が冷えて、風邪をひいてしまいます。そこで、貴船神社を参拝した後は、ホテルに戻って着替えることにしました。ですので、この日は、金閣寺を諦めて、鞍馬寺と貴船神社をゆっくり見学することにしました。

奥之院への参道も、この日は、一歩一歩の足取りが重たいものでした。汗でびっしょりになったところで、木の根道に着きました。大杉権現社までの道をゆっくり歩いていたときです。

オン コロコロ センダリマトウギソワカ
オン コロコロ センダリマトウギソワカ
オン コロコロ センダリマトウギソワカ

薬師如来の真言が頭の中を木霊《こだま》してきました。一歩一歩、歩く毎に、真言が木霊してくるのです。不思議でした。真言が聞こえてきたことも不思議でしたが、鞍馬寺には薬師如来が祀られていないのに、なぜ薬師如来の真言が聞こえてくるのかわからなかったのです。

でも、考えてみたら、鞍馬寺そのものが不思議な寺院なのです。鞍馬寺は、「護法魔王尊」（サナート・クマラ）が六五〇万年前に金星から地球に降り立った地であるとされております。そのため、鞍馬寺は、「尊天」のパワーが特に多く、「尊天」のパワーに包まれるための道場でもあるそうです。そのような伝説が残る地ですから、薬師如来の真言が聞こえても不思議ではありません。

また、鞍馬山といえば、民間療法の臼井靈氣療法の発祥の地でもあります。臼井靈氣療法とは、大正十一年（一九二二年）に臼井甕男《みかお》（一八六五年～一九二六年）が鞍馬山にこもって断食を始め、悟りを開いたことで体得した手当て療法です。臼井靈氣療法と薬師如来の関係は、全くわかりません。しかし、薬師如来は、古来より医薬の仏として尊信されております。ですので、その真言を唱えるのは、癌にも良いだろうと考え、真言を唱えながら鞍馬山を降りていくことにしました。

貴船神社（令和五年一月二十日）

貴船神社の本宮に到着したときは、汗でびっしょりになった服が冷えはじめて、肌寒くなっておりました。貴船神社は、近年では縁結びの神様として有名なことから、境内は多くの女性で賑わっておりました。本宮の前に佇む女性陣をかき分けるようにして、汗だくの中年男性が突き進んでいきます。なんだか、女性専用車両に間違って入ってしまったような感覚で、居心地が悪く、参拝を済ませると結宮に向かいました。

結宮では、女子高生の団体がそれぞれ写真を撮影しておりました。境内は女子高生だらけで、ここでも女子高生の中に中年男性が一人佇んでいるという構図でした。私は、居心地が悪く、すぐに出て、奥宮に向かいました。

奥宮に着いた時は、驚いたことに、境内には誰もおらず、私一人だけでした。女性の観光客たちは、奥宮には参拝しないのだろうかと不思議に思ったくらいです。

奥宮には、「船形石」があります。玉依姫《たまよりひめ》が乗ってきた黄船を人の目にふれぬように包み隠したといわれる、石積み遺構といわれております。言い伝えによると、約一六〇〇年前の第十八代反正天皇の御代、賀茂建角身命《かもたけつぬみのみこと》の娘で、神武天皇の母とされる玉依姫が、浪花の津から黄色い船に乗って、淀川、賀茂川、貴船川をさかのぼり、現在の奥宮の地にたどり着いたそうです。その黄船を、人目に触れぬよう石で覆ったものが「船形石」です。

私は、なぜ黄船を石で覆ったのか、この言い伝えが不思議でなりませんでした。船にしては小さすぎるのです。そこで、何かビジョンが見えないかどうか、「船形石」に手を触れながら、呼吸を整え、瞑想してみました。残念ながら、明確なビジョンは閃きませんでした。でも、「船形石」は、鞍馬寺の伝説と無関係なようには思えませんでした。きっと、ここも「尊天」のパワーを保つために、「船形石」を築くことによって、何らかの結界を張ったのではないでしょうか。「尊天」のパワーを保つための要石が「船形」なのかもしれません。石がそのように語りかけているように感じられました。

参拝を終えて、私が境内から出ると、多くの参拝客が奥宮に入っていきました。シャツが冷えて寒かったので、身体を温めるために貴船駅まで走って向かうことにしました。緩やかなくだり坂でしたので、二十分弱で駅に到着しました。

叡山電車で百万遍町に戻り、バスで京都駅まで戻りました。ホテルに戻ると、シャワーを浴びて着替えたところで、ひと眠りすることにしました。

清水寺（令和五年一月二十日）

ホテルで一時間半ほど昼寝をした後に、バスで京大病院に向かいました。時間に余裕があったので、途中、清水坂のバス停で降りて清水寺へ行くことにしました。

清水寺の観音様は、人生の岐路に立つたびに、参拝させていただいております。この日も清水寺は、観光客で賑わっておりました。清水寺は、観光客が多いので自らを内省するには向いておりませんが、訪れるたびに温かさを感じます。

辛いことがあっても、ここに来れば、次の一歩を踏み出せるような気がします。癌を患っても、なんとかなりそうな気になってしまうのが不思議でした。

京都大学病院（令和五年一月二十日）

タクシーで京大病院正面玄関の前まで送ってもらうと、すぐさま歯科口腔外科の外来へ向かいました。病院内は、私の研修医時代とは様子が異なっており、寂しい思いがしました。W先生の診療が長引いていたので、受付前のチェアで待っておりました。

歯科技工士のSさんが前を通ると、私に気づいてくれました。言葉を交わすと、技工室に案内してくれました。技工士のMさんと三人で、私が辞めてからの四年間の出来事について、話が盛り上がりました。話が盛りあがるほど、京大病院に残って仕事をしたかったと切に思いました。

実は、東大の大学院に入ってからも、最初の一年半は、京大の医局を辞めてしまったことを後悔しておりました。口腔外科医になるために歯学部に入ったのに、口腔外科を辞めてしまうなんて、本末転倒だと、自らの意思の弱さに何度もがっかりしました。その後悔を振り払うかのように、朝から晩まで実験に没頭したのですが、夜中にベッドに入ると後悔ばかりしておりました。技工士の方々と話していると、楽しい思い出ばかりが蘇り、そのまま京大に残っていたら癌にならなかったのではないか、と考えてしまったほどです。

しばらく喋っていたら、W先生が技工室に入ってきました。それからは、研究室を案内してもらい、百万遍町で晩御飯を食べました。癌サバイバーとして、比叡山インターナショナルに一緒に出ようと励まされ、この日は終えました。

東寺（令和五年一月二十一日）

京都旅行の最終日、金閣寺に伺うことにしました。ホテルをチェックアウトしてバス停に向かいました。東寺の脇を通っていたところ、出店が並んで賑わっておりましたので、東寺に寄ることにしました。二十一日は、弘法大師の縁日だったようです。

人混みをかき分けて入場券を購入し、境内に入りました。境内は比較的に空いておりました。講堂に入ると、立体曼荼羅に圧倒されました。何度観ても、素晴らしいものです。私は、この二十一の仏様の力で癌を治してもらえないだろうかと考えてみたりしました。

その時に、ふと思いました。弘法大師が密教の教えを視覚的に現したのが立体曼荼羅であるならば、ここに安置されている如来、菩薩、明王、天部の仏様は、一人一人に内在するものであり、私たちを守護する存在のはずです。そうであるならば、仏様の力を引き出すことができれば、癌だって治るはずです。そう考えると、心を研ぎ澄まして、自らに内在する仏様の力を引き出してみようと前向きになることができました。

金堂では、中央に薬師如来が座し、両脇に日光菩薩と月光菩薩が配されています。ここで、ハッと閃いたのです。昨日、鞍馬山の木の根道で木霊した「オン　コロコロ　センダリマトウギソワカ」は、真言の響きで、細胞を分子レベルから癒すものであり、太陽と月に正対して唱えると効果が倍増するのだと。日常の空いた時間、歩いている時間などに、癌が消えたことをイメージして真言を唱えれば、癌が治る、そのように閃いたのです。

東寺では、この旅が全て繫がっているのではないかと気づき、いよいよ金閣寺へ向かうことにしました。

金閣寺（令和五年一月二十一日）

東寺の近くのバス停から、満員のバスで二十分ほど揺れると、金閣寺前のバス停につきました。

金閣寺は、心の奥底に眠っている鳳凰を目覚めさせることができるきっかけになればと考えて訪れたのですが、何も聞こえず、何も閃きませんでした。初日といい、二日目といい、金閣寺を訪れようと思っても来ることができなかったのは、金閣寺は観光に特化しており、内省する場にふさわしくなかったからかもしれません。
ただ、私は、金色に輝く鳳凰の姿を目に焼きつけておきました。心の奥底に眠っている鳳凰は、このように光り輝いているはずだからです。

金閣寺の参拝を終えると、早めに帰宅しようと思い、京都駅に向かうためにバス停に向かって歩き始めました。西大路通に出ると、ここが京都マラソンのコースだったことを思い出しました。

京都マラソンで快調に走っていたときの記憶や、試走で苦しみながら走った記憶が蘇ってきました。その記憶に耽りながら、旅の最後に、このコースを辿って、上賀茂神社まで行くことにしました。できることなら走りたかったのですが、キャリーケースを持っていたので走ることができませんでした。

西大路通を北上しながら歩いていると、もう一度、京都マラソンを走りたいという気持ちになりました。京都マラソンの制限時間は六時間なので、肺を切除したら時間内の完走は困難です。けれども、制限時間を使い切ってリタイアすることは禁止されておりません。完走は不可能かもしれませんが、再び京都マラソンを走りたいという意欲が湧いてきました。

今宮神社（令和五年一月二十一日）

京都マラソンのコースを辿って、北大路通を進み、今宮門前通を北上すると、目の前に出迎えてくれた今宮神社へ、参拝することにしました。この神社の旧参道には、あぶり餅屋があります。あぶり餅は、唯一無二の美味で、食べるたびに感動を与えてくれます。この日は、空いていたほうの創業寛永十四年（一六三七年）の「かざりや」で、あぶり餅を食べました。懐かしさのあまり涙が出そうになりました。

向かいにある一文字屋和輔は、創業が平安時代中期の長保二年（一〇〇〇年）と言われ、飲食店では日本最古の老舗です。あぶり餅を食べながら、私も、千年残る偉業を成すにはどうすればいいか、考えを巡らせておりました。生きている間に、歯科業界で千年残るような活動をしていこう、そのためにも必ず癌を克服しようという、強い意志を持つことができました。

上賀茂神社（令和五年一月二十一日）

船岡東通を北上し、御薗橋《みそのばし》を通って、上賀茂神社へ向かいました。研修医時代は、休日になると、早朝に鴨川を北上して下鴨神社へ参拝し、さらに加茂川に沿って上賀茂神社まで走って参拝しておりました。片道７㎞程度なら、当時は一時間半もあれば往復できたので、朝のジョギングにちょうどよかったのです。私は、境内にある陰陽石の周辺が好きで、ここで一休みしてから復路を走ったものでした。

この日は、五年ぶりに上賀茂神社に来たのですが、私がジョギング参拝していた当時とは様子が異なっておりました。陰陽石の周囲は「渉渓園《しょうけいえん》」となっておりました。開門時間は九時から午後四時までと、それ以外の時間は、出入りできなくなっておりました。

この日も、陰陽石で一休みして、パワーをもらいました。不思議と癌が治った気持ちになりました。

下鴨神社（令和五年一月二十一日）

上賀茂神社で参拝したあとに、加茂川沿いを歩いて南方に下って、下鴨神社に向かいました。通常の参拝は、糺《たたず》の森を通って本殿に参拝するのが一般的なのですが、加茂川沿いを下ってきたので、すぐに本殿へ参拝しました。

この日は、特別参拝が開催されており、本殿や大炊殿《おおいどの》へ入ることができました。参拝時間が遅かったこともあり、他に観光客はおらず、本殿を裏から独り占めすることができました。

本殿の周囲は、神気が漲《みなぎ》っておりました。下鴨神社にこんな素晴らしい場所があるなんて、知りませんでした。この場所から離れたくなく、佇んでおりました。全てを癒してくれました。神気を浴びることで、癌が消え去っているような気分になりました。

本殿を出ると満足で、他に、どこにも行く気にはなれませんでした。糺の森を通って、京都駅行きのバスに乗り、新幹線で帰宅しました。

第3章　手術に臨む

第1節　手術

入院予定日（令和五年一月二十四日）

二十四日は、入院予定日でした。しかし、前日に、「入院患者がいっぱいなので入院日を手術前日の二十五日にしてください」と病院から連絡が入ってきました。ですので、この日は、一日空いてしまいました。

京都旅行で不安はなくなったのですが、念には念をということで、手術成功のために、最後の神頼みに行くことにしました。

神頼みに相応しいところと考えた時に、武士ならば、御成敗式目（一二三二年）に記されている伊豆箱根両権現へ参拝するはずです。御成敗式目では、源頼朝が創始した伊豆箱根両権現への二所詣が祈誓を捧げる神々の筆頭に挙げられております。ですので、私も、伊豆箱根両権現へ参拝することにしました。

まずは、伊豆権現と比定されている伊豆山神社へ向かいました。ただひたすら神頼みです。

「手術が無事に成功して、生きて目覚めることができますように」とお願いしました。伊豆山神社で参拝を終えると、車を走らせ、箱根権現と比定されている箱根神社へ向かいました。初詣で参拝させていただきましたが、今回は、手術の成功だけをお願いしました。伊豆箱根両権現を参拝し終えると、自宅へ戻りました。そして、新幹線に乗って東大へ向かい、研究室の職員に術前の挨拶をしてきました。

しばらく喋った後に、御徒町まで歩いて行き、映画「スラムダンク」を鑑賞しました。この日は、五回目の鑑賞でしたが、もう涙はありません。試合に臨む気持ちで、手術に臨もうと覚悟を決めました。

帰宅後は、緊張して全然眠れないのかと思いましたが、すぐに寝落ちしてしまいました。

入院日（令和五年一月二十五日）

朝起きてからは、風呂に入り身支度を整えました。来宮《きのみや》神社へ参拝して、A大学病院に向かいました。早めに着いたので、病院の食堂で朝食セットを昼食がわりに食べました。早めの昼食を終えて、入院しました。入院後すぐに、胸部X線検査や血液検査を受けました。

しばらくすると、麻酔科医より全身麻酔の説明を受けました。私は、全身麻酔にトラウマがあったので、手術中に覚醒することがないようにお願いしました。

というのも、私は、高校時代に扁桃腺除去手術を受けた際に、全身麻酔をしているにもかかわらず、覚醒してしまったからです。それは、不思議な体験でした。

私は、高校時代に扁桃腺が腫れて、四〇度以上の発熱を二度経験しておりました。ですので、翌年度の大学受験に備えるために、高校の卒業式を終えると、母の勧めで扁桃腺除去手術を受けることになったのです。

当時は、全身麻酔がどのようなものかわからず、ただ寝ているだけだと楽観視しておりました。手術室に入ったときも、全く緊張感がありませんでした。私が手術台に横になったとき、麻酔科医が、看護師を口説いておりました。今ならセクハラにあたるのでしょうが、当時はそのようなことが日常茶飯だったのかもしれません。

麻酔薬が注入されても、眠くなりませんでした。麻酔科医より「うとうとし始めますからね」といわれても、大丈夫でした。むしろ、私は、こんなナンパな麻酔科医には負けたくない、と意地でも麻酔にかからないつもりでした。しばらくしても眠くありませんでした。強固な意志は、麻酔薬にも勝ってしまうのかもしれないと、勝ち誇ろうとしたときです。

突然、意識が消えました。


気がつくと、私は、宙に浮いていて、病室を見下ろしておりました。しばらくは病室に留まっておりましたが、誰も気づいてくれません。暇なので、隣の病室に行こうと思ったら、隣の病室にすぐさま移動したのです。これは面白いと思い、高校生でしたので、女性の病室も覗いてみました。誰も気づきません。そこで、病室から病室へと飛び回り、院内を巡回していきました。しかし、それほど大きな病院でもなく、入院患者は年配の方ばかりで、すぐに飽きてしまいました。

ふと、なんでこんなことをしているのだろう、と思ったのです。

そもそも、なんで病院にいるのかわかりませんでした。

記憶を辿ってみると、本日が手術日であると思い出したのです。ナースステーションの時計を見ると、手術開始時間を過ぎておりました。「あれ、手術は中止になったのかな？」と思いました。

さらに記憶を辿ってみると、ナンパな麻酔科医から手術室内で麻酔薬を入れられていたことを思い出したのです。人の手術をなんだと思っているんだと、だんだんむかついてきたのです。

麻酔薬を注入された後の記憶を辿ってみたのですが、全然、思い出せません。

あれ、手術はどうなったのかな？　手術室に行かなきゃ、と思った瞬間、吸い込まれるように手術室に移動しました。


手術室では、驚いたことに、私が気を失って手術台の上に横たわっておりました。さらに驚いたことに、見知らぬ若い医師が私の喉の奥を切ろうとしているのです。主治医は横で見ているなかで、若い医師がメスを握っておりました。見知らぬ若者が全く無抵抗な私に対して、喉の奥をメスで切り裂こうとしているではないですか。

私は、この状況を許せませんでした。そして、その若者がメスを入れようとしたとき、私は、助けなければ、と思いました。必死に私の肉体を揺すって起こそうとしましたが、腕は肉体を通過してしまいます。叩いてもびくともせず、私の肉体は起きてくれませんでした。

見知らぬ若者は、無抵抗な私の肉体に対して、メスを走らせ、喉の奥を切り裂いていきます。喉から血が噴き出しております。なんてことをするのだ、と怒りが込み上げて、若者を制止させようと、必死で彼の手足を引っ張ろうとしても、掴むことができません。

助けるためには、私が肉体に入り込まなければならないのだと閃き、体当たりして肉体の中に入ろうと試みましたが、通過してしまいます。

若者のメスが進み、血が溢れ、扁桃腺を取り出そうとするときに、私の怒りも頂点に達しました。私は、勢いをつけるために上空に上がり、そこから急降下して、私の肉体に体当たりしました。

「あー、痛い、痛い、助けてー」

血を噴き出しながら、私は叫びました。覚醒したのです。喉の奥が切られていたので、激しい痛みからのたうちまわり、暴れまくりました。看護師たちが慌てて、私の手足を押さえます。

「やばい、やばい、覚醒してしまった。早く、麻酔薬を追加して」

若い医師が慌てて叫んでおります。執刀医は、主治医ではなく、一度も会ったことのない若い医師でした。

やはり、オマエか、と思いました。私は殴り掛かろうとしましたが、両手両足を大の大人たちが押さえつけているので、身動きが取れませんでした。また、麻酔の効果が残っていたのか、力も入りにくかったのかもしれません。
必死で抵抗した後、気がついたら、手術は終わっておりました。全身麻酔だったにも拘らず、麻酔から覚醒すると、私の手足は紐で縛られておりました。

このときの全身麻酔で、死ぬほど痛い思いをしたのです。麻酔なしで喉を切られると、どんなに痛いか想像してみてください。ですので、麻酔科医に手術中に覚醒することがないようにお願いしました。
私は、この経験から、口腔外科医として全身麻酔時に執刀するとき、患者さんが上空で見ていると思って臨みました。肉体的には意識は途絶えても、霊体には意識があり、麻酔が効かないということを、身をもって体験していたからです。

麻酔科医の説明が終わると、晩御飯となりました。手術が失敗したらこれが人生最後の食事かもしれない、と一瞬不安がよぎりましたが、美味しく戴けました。覚悟を持って入院したこともあり、この日も、熟睡できました。

手術日（令和五年一月二十六日）

目が覚めると、日の出前でした。病室から望む海が綺麗でした。日の出を迎えると、これが最後の日の出になるかもしれないと頭を過《よぎ》りました。その一方で、無事に手術が終われば、これが新しい人生を迎える日の出だと考えることができました。いずれにせよ、美しい日の出でした。

手術は、九時開始予定でした。手術室入室時間の前になると、両親が病院に来ました。緊張した表情だったので、心配させないように気丈に振る舞いました。

「手術さえ成功すればあとは大丈夫だから、手術が成功するように祈っておいて」と告げて、手術室に向かいました。

両親に見送られて、手術室に入りました。私は口腔外科医で、術者として何度も手術をしてきました。患者さんの表情を見てきた経験から、手術台を前にすると緊張するのかと思いましたが、私は、落ち着いておりました。手術は受けるよりも、施術するほうが緊張するのだと思ったほどです。手術台に横になり、麻酔科医に身を委ねると、いつの間にか記憶が途絶えてしまいました。

第2節　術後

術後の緊急治療室にて（令和五年一月二十六日～二十七日）

覚醒した瞬間、やった生きている、と嬉しかったものです。ただ、口を手で覆われているような感覚で、呼吸がしづらく、苦しかったのです。パニックになりそうでしたが、落ち着け、と言い聞かせました。すると、また眠ってしまったのだと思います。

手術室を出ると、母が何か語りかけてきて目が覚めましたが、やりとりの内容は覚えておりません。父の姿が見えなかったのですが、脇にいたようです。母に手を振ったことは覚えておりますが、徐々に高熱になり、痛みが出てきて、それ以後の記憶は所々抜けてしまっております。

緊急治療室に入ると、頭がガンガンしてきて、汗がびっしょりになって、呼吸がしにくく、苦しくて仕方ありませんでした。深呼吸を試みたのですが、肺を膨らますと傷口が痛み、むせてしまい、深呼吸できません。肺が七割しか残っていないのに、肺を大きく膨らませることができず、浅い呼吸しかできないのです。

驚いたのが、体内に酸素を巡らせるために、心臓の鼓動が速くなることでした。呼吸で取り入れる酸素の量が最大でも七割に減ってしまったことから、健常時と同じ量の酸素を体内に巡らすためには、心拍数を増やさなければなりません。浅い呼吸しかできないので、感覚的には肺活量が半分になり、心拍数が二倍になったようでした。

ベッドの上で寝ているだけなのですが、心臓だけは運動時のようでした。寝返りを打つだけでも、全力でダッシュをしたような感覚で、ドキッと心臓が止まるかのように強く打つのです。この事態は、全く予想しておりませんでした。高熱が出ていたこともあって、さらに心拍数が増加して、頭がくらくらしてしまいました。

おまけに、眠りたくても、眠れないのです。寝ようとして呼吸が深くなると、肺が膨らむので、傷口を閉じている縫合糸がピンと伸びるような痛みが走り、肺が痙攣してむせてしまい、咳き込むとそのたびに激痛が走ります。加えて、血を体外に出すためのドレーンが、肺から体外に繋がっており、身体を動かすと痛みます。

高熱で汗びっしょりになって、喉もカラカラに渇きますが、断水のため水も飲むこともできません。京大病院などでは、全身麻酔により停止していた腸内活動が再開すれば、いわゆる「グル音」が確認されたら水分補給ができますが、田舎の病院はそうではありません。翌朝の朝食まで絶飲状態が続き、水分補給ができません。手術がお昼前（十二時前）に終わったので、翌朝の朝食まで約二十時間あります。それまで水が飲めないのは、生き地獄でした。

私の頭がガンガンすることなどお構いなく、緊急治療室は、賑やかでした。緊急治療室なので、落ち着かないのはやむを得ないのですが、仕事以外でのスタッフの笑い声や私語が多すぎるのです。私は、いくつかの病院に勤めてきましたが、ここまで私語が多い病院は初めてでした。賑やかになればなるほど、頭の痛みが増します。

また、隣の患者が聴いているラジオが大音量でうるさいものでした。おそらく隣の患者は、お年寄りで耳が遠いために、大音量にしていたのでしょう。しばらくは我慢しておりましたが、頭が割れるほど痛かったので、看護師さんに頼んでラジオの音を消してもらいました。

痛み止めの硬膜外麻酔も、予想していたよりも遥かに効果が少ないものでした。硬膜外麻酔とは、背中に比較的太い針を硬膜外腔まで進めて、針伝いに直径１㎜程度の細い管を硬膜外腔に留置し、管を通じて鎮痛薬を注入して、末梢神経からの刺激伝達を遮断して痛みを緩和するものです。硬膜外麻酔は、一時間おきに打つのですが、効果はせいぜい二十分でした。残り四〇分以上は、痛みを堪えるのに必死でした。深呼吸もできないし、鼓動は早いし、汗はびっしょり、喉はカラカラ、頭はガンガンします。重度の高山病のようなしんどい状態下で、手術の傷口が痛み、喉が渇くといった三重苦でした。意識朦朧とした中で、パニックになりそうでした。こんなことなら手術を受けずに、死んだほうがマシだったと思えたくらいです。

極限の状態でしたが、苦しみに悶えるなか、突然、上賀茂神社の陰陽石が頭の中に浮かびました。私は、陰陽石で痛みを和らげてもらおうと考えました。

そこで、目を瞑りました。この緊急治療室が上賀茂神社の渉渓園であるかのようにイメージしてみました。痛みを和らげるために、陰陽石に腰掛けて上体を反らして背中を陰陽石に当てるようにイメージしてみました。すると、痛みがひいてきた感じがしたのです。

これは有難いと思いました。背中を陰陽石に当てたまま、このまま眠ってしまおうと思いました。しかし、呼吸を整え、眠りそうになると、肺が攣《つ》るように感じられ、咳き込んでしまいます。咳き込むと傷口が痛み、激痛が走ります。激痛が走ると、再び、上賀茂神社の陰陽石をイメージして、陰陽石に寄りかかって寝ているように、陰陽石に傷口を当てて癒すようにしました。この繰り返しでした。

もっといい方法がないかと考え、今度は、下鴨神社をイメージしました。糺の森で寝そべっていることをイメージしましたが、残念ながらこれは効果がありませんでした。痛みは引きません。そこで、今度は、本殿を想像しました。特別参拝で独り占めした景色を思い浮かべ、本殿の裏で寝そべっていることをイメージすると、痛みが和らいできました。このまま眠ってしまおうと思って呼吸を整え、眠りそうになると、肺が攣るように感じられ、咳き込んでしまい、激痛が走ります。激痛が走ると、再び、この神域をイメージして、そこに寝そべっているようにイメージしました。この繰り返しでしたが、ほんの数分間でも痛みが和らぐので、有難いものでした。

硬膜外麻酔に併せて、上賀茂神社の陰陽石と下鴨神社の本殿を交互にイメージすることによって、激痛の時間を少なくすることができました。この時ほど、この二社を参拝して良かったと思うことはありませんでした。この二社に感謝しつつ、時間が過ぎ去ることを待ちました。

数時間後、体温を測った時に、看護師さんの、

「三八度五分ですね。ようやく熱が下がってきましたね」との言葉に驚きました。その時は、若干楽になっていたので、おそらくピーク時には四〇度以上の熱が出ていたと思われます。

夜になると、歯磨きの時間がありました。何も食べていないのに歯を磨くことに驚きました。口を閉じて歯ブラシを入れるだけでも、吸入する酸素が少なく、苦しいものでした。ただ、うがいをする時に水を口に含めたので、渇きが少し癒されました。うがいは禁止されていなかったので、それ以後は、喉の乾きで我慢できなくなったら、看護師を呼んで、うがいをさせてもらうことにしました。

歯磨きをした後は、睡眠薬を飲んで、眠ることにしました。できるだけ多く眠って、辛い時間帯を少なくしたかったからです。

すぐに寝付けたものの、目覚めは早いものでした。午後八時ごろに睡眠薬をもらって寝たのですが、午後十一時前に起きてしまったのです。眠りが深くなって、呼吸が深くなり、肺が膨らむことで痛み、むせて咳き込んでしまい、激痛で起きてしまいました。水分補給が可能な朝

食時まで、あと八時間以上、耐えなければなりません。

夜中は、辛いものでした。眠くてうとうとし始めると、肺が攣るような感覚になり、むせて咳き込んでしまい、激痛で眠れないのです。硬膜外麻酔を打ったタイミングだけが眠り時でした。一度打つと痛みが和らぎ、最長で四〇分くらい眠ることができましたが、このタイミングを逃すと眠れません。痛みに耐えて、次の硬膜外麻酔のタイミングまで待たなければなりません。

朝までの時間、拷問を受けているようでした。こんなことなら手術を受けずに、死んだほうがマシだったと何度も頭をよぎりました。

しかし、朝が近づくにつれて、これだけ耐えているのだから、良くなってもっと生きたいと、心境が変化していきました。全ては自らの無知が招いた結果であって、この痛みは自業自得なのだと、必死で耐えました。

ヒマラヤ聖者の教えに、「癌はカルマを解消させるためにできる病気で、本来は普通の人がなる病気ではなかった」という言葉があります。私は、この苦しみでカルマが解消されるなら、むしろラッキーだと捉えるようになっていきました。そして、カルマが解消されたらどうなるのだろう、と考えてみました。カルマが解消されたら魂が救われるのでしょうか。それはそれで有難いのですが、カルマを解消させるためだけの人生であるならば、現世は、前世の借金を払うものでしかありません。それは虚しいものです。

この世に生まれてきた以上、何か果たすべき使命があると考えるのが合理的なように感じられました。もしかしたら、カルマを解消させないと、現世で果たすべき使命が果たされないのかもしれません。


私は、自らの果たすべき使命について考えてみました。といっても、そんなすぐには思いつきません。ただ、世界が平和になって、より良い地球を後世の人に残せたら、どんなに素晴らしいだろうと考えました。そのために、何か私にできることはないのだろうか。

今すぐに私の使命はわかりませんが、少なくとも、私は、この生涯において、まだ何も残せていないのです。苦しみ耐えながら、このまま死ねないという思いが強くなってきました。

朝までは、つらい時間でした。痛みが激しくなると、手術を受けなければ良かったと後悔してしまいます。落ち込んでは、自らを奮い立たせるという繰り返しでした。

しかし、明けない夜はないように、ようやく待ちに待った朝食の時間がきました。朝食は、全粥食でしたが、何よりも先にほうじ茶を飲みました。ほうじ茶が渇いた喉を潤して、食道を通り胃袋に到達するその僅かな時間ですら、幸せを感じることができました。ほうじ茶が喉にしみ込む感覚は忘れもしません。

体温も微熱程度まで下がっておりましたし、喉の渇きが解消されたので、あとは痛みだけ我慢すればいい状態になりました。

病室へ戻る（令和五年一月二十七日）

朝食を食べ終わり、歯を磨いた後、しばらく横たわっておりました。しばらくすると、甲医師と女医が様子を見にきてくれました。診察を受けたところ、病室へ戻ることを許可されました。そこで、尿道カテーテルを抜いてもらいました。尿道カテーテルを抜いたことで、不快感がだいぶ取り除かれました。

車椅子に乗って病室に戻ると、まずトイレに寄って排尿させてもらいました。尿道カテーテルが入っていたのですが、残尿感があったからです。

ベッドに戻って、しばらく横になっていると、先ほどの女医がきました。肺と繋がっていたドレーンを抜くことになりました。ドレーンを抜くのは痛かったのですが、硬膜外麻酔の効果も多少あったのか、激痛というほどではありませんでした。ドレーンを入れてあった傷口は、局所麻酔もなく、いきなりホチキスで塞がれました。でも、今までの痛みに比べれば、蚊に刺された程度の痛みでした。


ドレーンを抜いてもらったことで、脇の穴が塞がり、安心しました。歩き回りたかったのですが、立ちあがろうとするだけで心拍数が一気に上がり、頭がくらくらし、呼吸がしづらいのです。それで、午後から始まるリハビリまでの間は、ベッドで寝ながら、本を読んでおりました。

ドレーンを抜いた後は、傷口を塞いだホチキスで皮膚が引っ張られる痛みと、咳き込む時の痛みだけとなってきました。昼食前に再び女医がきて、背中に入れてある硬膜外麻酔の針を抜くことになりました。この針は全然違和感がなく、刺さっていることを忘れておりました。抜く時の痛みも全くなかったのですが、次第に麻酔の効果が切れ始めると、肺や傷口が痛み始めました。そして、呼吸するたびに肺が痛むのです。

実は、あまり効果がないと思われた硬膜外麻酔も、相当な鎮痛の効果があったのでしょう。硬膜外麻酔の効果がないと感じられるくらいに、右肺下葉切除術及びリンパ郭清術による身体に対する侵襲は大きかったのです。

午後から始まったリハビリは、まずはベッドから起きて、トイレまで歩く練習でした。歩くだけで心拍数が上がるので、ゆっくりと歩くことしかできませんでした。それでも、通常時であれば、時速12㎞程度でジョギングをしているようでした。少しでも歩く速度をあげると、全速力でダッシュしているくらいに心臓に負担がかかるので、早く歩くことができませんでした。

次は、ナースステーションまで歩く練習です。往復１００ｍ程度の距離でしたが、ゆっくりと歩くことしかできません。動きを早めようとすると、呼吸が速くなり、心拍数が上がって、心臓が止まりそうに感じるのです。同じようにリハビリしている高齢者にも、抜かれてしまいます。１００ｍの距離を歩くのに、途中休憩を入れて十分以上かかってしまいました。

私は、この時に初めて高齢者の動作がゆっくりであることが理解できました。高齢者は、心肺機能が低下しており、身体に取り入れる酸素も少なく、心臓に負担がかからないように、ゆっくりと動くことしかできないのです。そのような高齢者の感覚を、身をもって理解できました。

リハビリを始めてみて、改めて手術の侵襲の大きさを痛感しました。心肺機能の低下が顕著なので、四ヶ月後に控えた比叡山インターナショナルは、ショートコース（23㎞）に変更しても無理であろうと判断しました。１００ｍ歩くのに途中休憩を入れて十分以上かかってしまうのですから、起伏の激しい比叡山を23㎞歩くことは不可能です。ですので、大会本部に電話して、参加辞退を申し入れました。

硬膜外麻酔を抜いてから、時間が経つにつれ痛みが酷くなってきました。硬膜外麻酔を抜いた後は、鎮痛薬のロキソニンを毎食後に飲んで痛みをコントロールすることになっておりました。しかし、ロキソニンの効果も少なく、鈍痛のようなものは取れませんでした。ロキソニンを飲んでから二時間を経過すると、その後は、痛みとの戦いでした。術後直後のドレーンの痛みほど酷くはなかったのですが、硬膜外麻酔を抜いた後は、肺の痛みが術後直後よりも増してきたように感じました。

夜九時の消灯時間を過ぎると、寝る前にも再びロキソニンを服用しました。痛みを抑える目的もありましたが、ロキソニンを飲むと眠くなるので、眠ることができると考えたからです。前日は、細切れの睡眠しか取れなかったこともあり、すぐに眠ることができました。

「苦しい」

呼吸がしづらかったので、心臓が止まりそうになり、目を開けると、何者かが私の首を絞めておりました。病室内は薄暗くて見えにくかったのですが、殺気立った目つきで、私の首を絞めている者がいました。

ベッドに横たわっていた私は、複数人に囲まれておりました。その中の一人が、私の首を絞めていたのです。顔はわかりません。ただ、人々の目つきが尋常ではなかったことに恐怖を覚えました。

必死に抵抗しようと思っても、取り囲んでいる者達に手足を押さえつけられているようで、身体が動きません。窒息しそうで、助けを呼ぼうと叫ぼうとしましたが、叫ぶことができません。気絶しそうになり、意識が途絶えようとするその瞬間、突如、「オン　コロコロ　センダリマトウギソワカ」と私の口から薬師如来の真言が洩れました。

蚊の鳴くような小さな声でしたが、首を絞めている手が緩んだのです。

私は、意識を取り戻すことができました。そして、息を吸い込むとすぐさま、「オン　コロコ

ロ センダリマトウギソワカ」と吐き出しました。すると、私の首を絞めていた手が離れ、私を取り囲んでいた者たちは、「うわあああぁ」と頭を抱えながら呻き声をあげました。

私は、「オン コロコロ センダリマトウギソワカ　オン コロコロ センダリマトウギソワカ」と大きな声で真言を唱え続けました。取り囲んでいた者達は、唸り声をあげながら、逃げるように病室の窓から消え去りました。

窓から風が入り込み、ベッドの遮光カーテンが靡《なび》いておりました。私はホッと一安心したと同時に、また襲ってくるのかもしれないと不安になりました。そして、ベッドの照明灯を付けようと手を伸ばしました。


そこで、目が覚めたのです。まだ、夜中の十二時前でした。ベッドの周りには誰もいません。寝巻きは汗でびっしょりでした。周囲を見渡すと、病室の窓は開いておらず、カーテンも靡いておりません。夢だったのかと、生きていることにホッと一安心しました。

首を絞めていたのは誰だったのかわかりません。夢の中で、咄嗟に薬師如来の真言が発せられたことに、私自身驚きました。ここでも薬師如来に助けられた気がしました。ただ、首を締められた夢をみるほどに恨まれていたのかと思うと、人の恨みの怖さに身の毛の立つ思いがしました。

しかし、私には、人に恨まれるなど、身に覚えがありませんでした。ですので、肺の三割を切除して呼吸しづらかったから、肉体の苦しみのせいでこのような夢を見てしまったのだと考えるようにしました。

現実感があり、怖い夢であったため、それ以降は、寝てしまうと再び悪夢をみるのではないかと不安でした。夜中の三時を過ぎると眠くなったのですが、呼吸が深くなると肺が攣ったようにむせてしまい、肺に激痛が走るので、結局、朝まで眠ることができませんでした。

退院まで（令和五年一月二十八日から一月三十一日）

退院までは、リハビリに励みました。二十八日は、時速3．4㎞で歩行距離300ｍしか歩くことができませんでした。遅い足取りでしたが、歩行距離が増えたことが嬉しかったです。

二十九日からは、思い切ってリハビリを三部練にしました。午前が時速3．5㎞で歩行距離600ｍ、午後が時速3．6㎞で歩行距離800ｍ、夜が時速3．7㎞で歩行距離500ｍでした。速く歩くと心臓に負担がかかり、脈拍数が上がってしまうので、呼吸と鼓動を確かめなが歩きました。

食事は、よく咀嚼《そしゃく》してから飲み込むようにして、むせないように努めましたが、食前のほうじ茶がむせやすくて困りました。

消灯時間になると眠くなるのですが、眠ろうとして呼吸が深くなるとむせて咳き込んでしまい、肺に激痛が走り、眠れません。夜中の十二時を過ぎてから、ようやく眠ることができました。しかし、睡眠中に咳き込んでしまい、激痛が走り、午前二時過ぎに起きてしまいました。入院中は、夜中に目覚めるとYouTube番組を見るのが日課になっておりました。

夜中の二時四五分に更新された「エガちゃんねる」をみて、笑いを堪えるのに必死でした。何度も笑ってしまい、その都度、傷口が痛むのでした。笑いすぎて、肺が痛かったのです。


ここで、癌宣告後に初めて笑ったことに気づいたのです。一ヶ月ぶりに笑うことができました。笑いは免疫力をアップさせますが、私は、癌を宣告されてから笑うことができませんでした。手術を経てから、ようやく笑える自分を取り戻すことができたのです。

朝まで眠ることはできませんでしたが、笑うことができたことで疲れも吹き飛んでおりました。

三十日も、リハビリに励みました。歩行速度も上がり、時速3．9㎞、歩行距離1750mまで伸びました。

そして、予定通り三十一日に退院することができました。

第4章　手術後

第1節　A大学病院での確定診断

退院後は、リハビリのために平地を歩くことにしました。家の周囲は坂が多く、術後では心拍数がすぐに上がってしまいます。緩やかな坂でも、心臓破りの坂のように感じてしまい、体力を使い切ってしまいます。ですので、車で平地に移動してから、リハビリしました。

また、入院中から会いたいと思っていた方々に会いに行くことにしました。特に、霊能力者と呼ばれる方々にも会いに行きました。癌が何を言いたかったのか、また今後どうすべきかを、医学に捉われずに、広い視野を持って捉え直そうと考えたのです。

私が霊能力者を完全に否定しない理由には、幼少期に奇妙な体験があったからです。

私は、幼稚園に入るくらいの頃から、「空気が見える」と言い張っておりました。物心がついた時から、時々、目でみる映像とは違った映像が見えるときがありました。突然、頭の中にある何かスイッチのようなものが入ると、空間が色づいて見えるのです。万物がゆらゆらと色を発しており、空間そのものが色づいておりました。

風が見えるようになったのかな？　と思いましたが、風であればそのまま流れていくはずです。風が吹いても、色は、ゆらゆらとその場に漂っております。空気は、風が吹いても流れていかず、あらゆる場所に佇んでおり、私たちは呼吸することができます。ですから、私は、その場に佇んでいる色を見て、空気が色づいていると思ったのです。

空気であれば、吸い込めるはずです。しかし、近づくと、私が色に取り込まれてしまい、大きく深呼吸しても、その色を吸い込むことはできませんでした。

「空気が見える」現象は、空間だけでなく、人にも及んでおりました。見知らぬ人が通る時にお腹の辺りが黒かったり、肩の辺りが黒かったり、頭の辺りが黒かったりすることがありました。吐く息や声にも、どす黒いものが漂っている人もいました。ですから、空間が色づいている現象になると、大人はとても怖く感じました。

その謎を解くために、母に尋ねてみたのですが、「変な子ね」といわれて、答えてくれませんでした。この現象について考えてみて、数日経って母に尋ねては、はぐらかされての繰り返しでした。

あくる日、いつものように、

「なんで空気が見えるの？」と尋ねたら、

「本当に見えるの？」と心配そうな顔をされてしまいました。

「うん」といって指さして、

「ほら、あっちは緑色で、こっちに赤っぽい色がゆらゆらしているでしょ」と、私は得意げに説明しました。


すると、母は悲しそうに表情を曇らせてしまいました。そして、

「今度、病院に行ってこようか？　精神科の先生に診てもらいましょう」と言ってきたのです。

ショックでした。私は、小さい頃から病弱で、頻繁に発熱を繰り返して、幼稚園を休む日数が誰よりも多かったのです。病院に行くと、必ず薬を飲まされます。薬を飲むと不安になるので、病院自体が怖かったのです。子供ながら、医者は、不味い薬を飲ませる役人であり、「白衣を纏《まと》った悪魔」だと思っておりました。ですので、これ以上、病院には行きたくなかったのです。

そこで、

「嘘、嘘、何でもない」と慌てて否定しました。

それ以来、一切、このことは口にしなくなりました。哀れむような母の顔を見て、私は、大

人には見えないものが子供には見えるのだと思いました。

しかし、幼稚園の友達に聞いても、馬鹿にされるだけで誰も答えてくれませんでした。そこで、私だけが、見えてはいけないものが見えてしまっているのだと知り、何かにとり憑かれてしまっているのかもしれないと不安になりました。

それからは毎晩、寝る前に、空気が見えなくなりますように、と祈りながら寝るようにしました。すると、次第に「空気が見える」現象の頻度が減り、小学校に入学する頃には見えなくなっていきました。私は、空気が見えなくなることで、大人になったのだと思い、嬉しくなったものです。

このような幼少期の体験から、霊能力者は、私が見えていたようなものを否定することなく、特異な能力を育てていった方なのかもしれないと考えております。真偽は定かではありませんが、霊能力者は、彼らが見えているもの、聞こえていることを伝えているのでしょう。そこに、絶対的な価値観などあるわけでもありません。ですから、彼らはアドバイザーであり、それを受け入れるか否かは、私たちに委ねられているのです。

麻布の茶坊主さん（令和五年二月一日）

真っ先に連絡したのが、麻布の茶坊主さんでした。退院日が決まった直後に予約して、退院日の翌日に zoom 面談をすることにしたのです。

麻布の茶坊主さんは、理論物理学者の保江邦夫先生の著書に、「東京の預言者」として紹介されている霊能力者です。私は、十年ほど前から数回、麻布の茶坊主さんのカウンセリングを受けておりました。

初対面の時は、私が保江先生や麻布の茶坊主さんと同じように、人の未来を明るくするために、人々を導く使命を持って生まれたのに、何もしていないことを酷く怒られました。私は、思ったことを実現化する力、人を感化させる力が極めて強いそうです。できるだけポジティブな思考で、世の中を明るくするようにとの忠告を受けておりました。

口腔外科に進むことも、オーラの色から研修先は東大か京大にしないと周囲と話が合わないことなども、麻布の茶坊主さんから伝えられておりました。当時は、東大とか京大とか、入るのが難しいのだからそんな簡単に言わないでよ、と思っておりました。でも、結局、私は、京大口腔外科の医局に入り、東大大学院で医学博士を取得することができました。

この日、麻布の茶坊主さんからは、十年前と変わらず、私が長生きする旨を伝えられました。癌を患う前と同じアドバイスをいただき、安心しました。癌の経験が、人生をより良いものに変えてくれること、癌の体験記を本にすることが人の役に立つとの助言をいただきました。

ただし、油断は禁物だそうです。睡眠時間を多くとって、体力を戻すこと、完全に回復するまでには一年半かかるとも言われました。三十分の予定でしたが、予定時刻を大幅に超えて沢山のアドバイスをいただきました。そして、zoom 面談を終えました。

パソコンの画面を切ると、長く生きられると伝えられ、一安心しました。


その時、私は、ハッと思い出したのです。

それは、十年前の光景でした。初めてのカウンセリングを終えて、帰り際に靴を履いているときに、突如、麻布の茶坊主さんが部屋から出てきたのです。そして、

「今、守護霊様が小林様に肺と肝臓を注意するようにとのことでした。伝えておいてくださいとのことでしたので、伝えておきます」と言って、玄関で見送ってくれました。

その時は、帰り際だったので、メモをとっておりませんでした。またアドバイスの内容に対して、「肺と肝臓は全然違う臓器なのに、なんでそんなこと言ってくるのだろう」と思っておりました。私は、酒もタバコも飲まないので、心配ご無用と思い、気に留めずに帰ってしまったのです。

この忠告が胃や腸であれば、私は、胃がキリキリと痛むこともありますし、お腹も下しやすいのでしっかりと記憶し、肝に銘じていたことでしょう。しかし、忠告を受けた臓器が肺と肝臓でしたので、気に留めなかったのです。

そして、十年後、私は、肺腺癌を患ってしまったのです。改めて、自らの無知及び傲慢さにショックを受け、同時に、麻布の茶坊主さんの凄さを実感することになりました。

A大学病院での確定診断（令和五年二月八日）

病理診断の結果が出るまでは、平地でのリハビリに加え、十国峠、箱根、大室山などの自然の中で、新鮮な空気に包まれてリハビリをしておりました。

そして、運命の確定診断の日がやってきました。二月八日の午後一時より、診察がありました。落ち着かなかったので、午前中は、リハビリをしておりました。この日は、湯河原海岸付近を時速３．７㎞で歩行距離も約１０㎞歩いておりました。歩かなければ落ち着かなかったのです。

リハビリを終えて家に帰ると、病院に向かいました。この日も、両親がついてきました。いつも通り早めに病院に着いて、待っておりました。一時間以上待たされた後に、私の名前が呼ばれました。まずは、手術に入った女医に、ドレーンを抜いた際に傷口を閉じていたホチキスを抜いてもらいました。それからしばらくすると、甲医師が現れました。そして、病理検査の結果及び病理の画像がモニターに映し出されました。

「病理検査の結果、１．０㎜の浸潤性の細胞異型が一つ認められました」

この瞬間、やった！　と思いました。60㎜だった悪性腫瘍が１．０㎜まで縮小していたのです。１．０㎜であれば、悪性腫瘍とは呼べないはずです。私は、予定通り癌細胞を消すことができたことを喜びました。

思わず、「良かった」と声に出しておりました。

すると、甲医師は私の言葉を遮るように喋り立てました。

「いや、病理検査は、一定のスライス厚があるので、おそらくこの検体の中には二、三個の浸潤性の細胞異型があるはずです。CT画像とあわせて総合判断すると、確定診断は、ステージ2Bのままです。ですので、早速、来月から一年半をかけて、合計4クールの予防的抗がん剤治療をしなければならないのです」

耳を疑いました。なぜ、ステージ2Bなのか、意味がわからなかったのです。

「えっ、なぜステージ2Bなのですか？　1ミリしか細胞異型がないのであれば、せいぜい腫瘍はT1で、リンパ節転移もなく（N0）、遠隔転移もない（M0）ので、ステージ1ではないでしょうか。そうであれば、予防的抗がん剤治療はいらないのではないでしょうか？」

私は、予想外の診断に驚いたことと、咄嗟だったので肺癌のステージを頭に入れていなかったので、漠然と反論することしかできませんでした。

「そこが、肺癌の難しいところなのです。君の場合、術前の画像と合わせて、総合的に評価するとステージ2Bと言わざるを得ないのです。ステージ2Bならば、予防的抗がん剤治療は、標準治療としてやらざるを得ないのです」

私は、呆然としてしまいました。呆気に取られていると、両親が「抗がん剤をやれば再発はしないのでしょうか？」と質問をしました。

「絶対に再発しないとは言えませんが、再発しない可能性が高まることは確かです。息子さんの場合、まだ若いので、抗がん剤治療に十分耐えられると思います。ですから、標準治療として、ガイドラインで定められている以上、予防的抗がん剤はやらなければならないのです」

私は、ショックのあまり絶望してしまいました。せっかく、手術をして、術後の苦しみに耐えたのに、あと一年半も痛みに耐えなければならないのかと、がっかりしました。両親は、「それで治るのなら」と抗がん剤治療を私に勧めてきます。

「『治るなら』って、もう癌は完全に下葉ごと切除したから治っているんだよ。今、先生が言っているのは、再発するかしないかの話なの」

私は、イライラして両親に八つ当たりしてしまいました。

「まあ、修了式もあることだから、修了式の後にでも一週間入院して始めたらいいですよ」

甲医師は、抗がん剤治療を実施する前提で、入院時期を提案してきました。

「それでは仕事はどうなるのですか？　三週間もすれば社会復帰できるとのことでしたので、

再来週から勤め始めることになっております」

私は、描いていた未来像が崩れ去るのが悲しくなり、そう尋ねました。

「抗がん剤治療している期間、仕事は、しんどくてできないのではないでしょうか。でも、一年半頑張れば、その後は社会復帰できるはずだから、頑張ろう」

甲医師は、私を励ましました。両親も抗がん剤治療に前向きです。手術後から社会復帰のために必死でリハビリをしていたのに、過酷な抗がん剤治療が一年半も続くと考えると、生きた心地がしませんでした。

術前と術後で言っていることが矛盾だらけの甲医師に対して、怒りを覚えました。しかし、それ以上に悲しすぎました。術後で体力が低下していたこともあり、ショックから思考も停止してしまい、これ以上、反論する気力がありませんでした。

「わかりました。一応、抗がん剤治療をやることを前提に、もう少し考えさせてください」

私は、そう答えることしかできませんでした。抗がん剤治療で髪の毛が抜け、痩せ細ってシミだらけの将来の姿が想起されました。一年半も社会復帰しないのであれば、どのようにして生活していけばいいのだろうか。悲しすぎて、それ以外何も言葉にすることができませんでした。再び奈落の底に突き落とされた感覚でした。呆然と、下を向いておりました。

すると、診療室の奥に影が動きました。ふと目を移すと、診療室の脇から、先ほどの女医が診療室を覗き込みにきておりました。

私は、女医と目が合いました。

悲しそうな眼差しでした。私と目が合うと、女医は再び隠れてしまいました。私は、失意のまま、甲医師にお礼をいい、退出しました。


家に帰ると、「散歩してくる」と両親にいって、外を歩きました。雨が降っていたので、遠慮なく泣きました。少し冷静になると、就職予定のクリニックの事務長に連絡しました。一月末に肺腺癌の手術を受けたことを告白して、三月から抗がん剤治療をしなければならなくなること、この状態が一年半続くことを告げました。もしそれで迷惑がかかるなら、内定を取消してくださいと伝えました。すると事務長からは、思いがけない言葉をいただきました。

「小林先生の体調に合わせて、月一でも、週一でも、きていただければ、こちらは有難いです。一緒に頑張りましょう」

この言葉を聞いて、号泣してしまいました。

とりあえずは、予定通りに勤め始めることにして、あとは体調と相談して出勤日を決めていくことになりました。事務長のために、闘病も、仕事も頑張ろうと前向きになれました。

第2節　確定診断への疑惑

名古屋旅行（令和五年二月十三日から十四日）

抗がん剤治療を受けなければならなくなったことで失望しましたが、死ぬわけではないと、前向きに捉えるようにしました。生きていれば、必ず挽回するチャンスがあるはずだからです。

十三日からは、一泊二日で、名古屋に旅行しました。目的は、美濃太田にあるヒーリングサロングレイスの土屋靖子先生です。土屋先生は、保江先生のお墨付きの気功師で、全国各地から癌患者が多く訪れます。土屋先生への予約が十四日の午前中でしたので、前泊のために、気分転換を兼ねて名古屋旅行をすることにしました。

まずは、始発の新幹線に乗り、豊橋駅で飯田線に乗り換えて、豊川駅で降り、豊川稲荷（妙厳寺）へ向かうことにしました。

豊川稲荷（令和五年二月十三日）

豊川稲荷は、初めての参拝でした。ただ、赤坂にある豊川稲荷東京別院は、何度も参拝させていただいておりました。豊川稲荷東京別院は、東京屈指のパワースポットとして有名な寺院です。私は、卒業試験及び国家試験合格のために、正式参拝をさせていただき、無事に合格することができました。

東京別院が東京屈指のパワースポットであれば、本院は、もっと凄いに違いない。そう思ったら、到着するのが待ち遠しいものでした。

豊川駅に到着すると、雨が降っておりました。雨が降ると、気圧の関係で呼吸しづらく、すぐに心拍数が上がってしまいます。そのため、ゆっくり歩くことにしました。傘をさして表参道を通り、総門を潜りました。山門を潜り、鳥居を潜って、大本殿に向かいました。大本殿で参拝を済ませると、奥の院まで進み、途中の寺院にも全て参拝しました。

奥の院で参拝を済ませると、千本幟《のぼり》の受付にて、千本幟を奉納させていただきました。願いごとは三つまで書いて良かったのですが、私は、「病気平癒」だけ書きました。他には何も望むことがなかったからです。

予防的抗がん剤を受けることになったので、手術後にも「病気平癒」を祈願しなければならないことに悲しくなり、涙が溢れてしまいました。千本幟を受付に提出したところ、「せっかくなので、もう二つ書いた方がいいですよ」とのことでした。あと二つは何を書いたか覚えておりませんが、一応、体裁を整えて奉納させていただきました。

キャリーバッグを引きずりながら長い距離を歩いたことで、心拍数が上がってしまいました。呼吸も苦しかったので、大本殿の脇にある渡り廊下にあるベンチで一休みしました。頭がくらくらするので、呼吸を整えました。そして、苦しい思いをして右肺下葉を切除したのに、また三月から抗がん剤治療を始めなければならないと思うと、悔しくて、悲しくて、涙が溢れてしまいました。参拝客も少なかったので、遠慮なく泣きました。しばらく、泣き続けました。

「癌は治った。心配御無用」

突然、そのような声が聞こえました。

周囲を見渡すと、誰もおりません。見渡す限り、豊川稲荷の境内が広がっておりました。私は、大本殿の脇にあるベンチに座っていただけです。とすると、声の主は、御本尊の千住観音菩薩か、境内を鎮守する豊川茶枳尼眞天《とよかわだきにしんてん》なのかもしれません。

その声で、正気を取り戻すことができました。そうか、癌は切り取ったのだし、もう治ったのだから、抗がん剤なんかやる必要ないのだ。そのように気づいたのです。

そもそも、なんで細胞異型が１．０㎜しかないのに、ステージ２Bなのだろうか。１．０㎜の細胞異型は、腫瘍（T）に値しないのでないか。仮に、腫瘍（Tｌa）に該当するとしても、せいぜいステージは１A１ではないだろうか。なぜ、ステージ２Bなのだろうか。考えれば考えるほど、甲医師の確定診断は謎でした。

この時です。ふと、確定診断を受けた時に覗き込んだ女医の顔が浮かんできました。

覗き込んだ女医の目は、悲しそうでした。その時は、私に対する憐れみの目なのかと思っておりました。しかし、思い出してみると、憐れみの視線は甲医師に向けられておりました。もしかしたら、女医は、甲医師に対して「なんてことを言っているの？」という眼差しで見つめていたのかもしれません。

その眼差しは、甲医師の診断に対して、日本呼吸器外科学会の専門医として、憐れみの目で見ていたようにも捉えることができました。もしかしたら、甲医師は嘘をついていたのかもしれない。そのような疑いが沸々と湧いてきました。


私は、勤務医時代を思い出しました。公立病院は、癌患者を多く抱えることが、経営上重要な戦略でした。なぜならば、癌患者に標準治療を施せば、癌が治らなくても、一人あたり少なくても保険点数一〇〇万点、およそ一〇〇〇万円以上の売上が見込めるからです。

ここで大事なことは、たとえ公立病院の医局長といえども、医学部の大学教授であっても、病院という大きな組織の中では、一般企業でいう部長クラスにすぎないということです。病院はボランティア団体ではないので、法人として、いかに利益をあげるかが部長クラスである医局長や教授に求められます。

甲医師は、私に抗がん剤治療を施して、売上を伸ばしたかったのではないか。そのために、ステージ2Bの確定診断は譲れない……。

ここで、病理診断と確定診断との不可解な因果関係が、いわば点と点が線で繋がったように思えました。

甲医師の確定診断については、徹底的に戦おうと意欲が湧いてきました。そして、自らの治療方針は、自らが決めていこうと決意しました。再び大本殿に参拝して、お礼と感謝を伝えて、名古屋へと向かいました。

熱田神宮（令和五年二月十三日）

ホテルのチェックインまで時間があったので、熱田神宮へ向かうことにしました。熱田神宮は、何度か参拝したことがあるのですが、大きな神社の割には、感動した体験はありませんでした。ですので、今回の目的は、術後のご褒美として、熱田神宮前にある「あつた蓬莱軒」でひつまぶしを食べることでした。

お昼過ぎに、名鉄の神宮前駅に到着しました。雨は止んでおりました。熱田神宮会館の前を通り、本宮での参拝を済ませると、そのまま正門の方に歩き出し、「あつた蓬莱軒」へ向かいました。お昼時とあって、行列ができておりました。その行列に並んで待っている時間が、もったいないように感じられました。

そこで、私は、熱田神宮内を歩き回って、全ての社を参拝してから、再び訪れることにしました。

全ての社に、「癌を治してくださり、ありがとうございました」と感謝を伝えると、感動も大きくなってきました。気分も清々しくなり、熱田神宮も清らかな聖域であるように感じられました。今まで、熱田神宮で感動した体験がなかったのは、本宮だけを参拝していたからかもしれません。大きな神社ほど、摂社が重要で、境内に散りばめられた摂社が、神宮を神宮たる聖域にしているのだと気づくことができました。

長い距離を歩いたので、お腹も空いてきました。そこで、待望の「あつた蓬莱軒」へ向かうことにしました。しかし、グーグルマップで道のりを調べたところ、「営業時間外」となっておりました。私は、休憩時間があることを知らず、長々と参拝をしていたのです。仕方なく、「あつた蓬莱軒」を諦め、名古屋駅に向かうことにしました。

この日は、術後最長の12㎞もの距離を歩きました。名古屋駅前のホテルにチェックインをした後、疲れたので眠ることにしました。しかし、ホテルのベッドでは、全然、眠れませんでした。家では、むせないように布団を重ねて、布団に角度をつけていたのですが、フラットなベッドではすぐにむせてしまうのです。咳き込むたびに、傷口が痛み、痛くて眠れなかったのです。眠いのに眠ることができないという状態で、朝を迎えました。

土屋靖子先生（令和五年二月十四日）

ほとんど寝ることができなかったので、朝早くにホテルを出ることにしました。午前七時頃にチェックアウトして、美濃太田に向かいました。車内の座席には背もたれがあるので、窓の景色を見ていたらいつの間にか寝てしまいました。背もたれがあることでむせることがなく、思いの外、熟睡することができました。

美濃太田駅からヒーリングサロングレイスまでは、歩いて行くことにしました。受付を済ませると、ソファに座って待つことになりました。待合室では、受診する際に必要な書類を記入して、本を読みながら待っておりました。

ほぼ時間通りに私の名前が呼ばれ、施術室に入室しました。施術室には、ベッドが三台ありました。左端には、女性が横たわっており、スタッフの方が足をさすっているような感じで施術をしておりました。中央のベッドは空いており、私は右端のベッドに案内されました。

ベッドに横たわると、土屋先生が近寄ってきて、私の頭上にきました。小太りでエネルギーに満ち溢れている感じでした。土屋先生が頭上に来てから、私は、むせ始めました。挨拶を済ませて喋ろうとすると、咳き込んでしまい、呼吸が苦しくて、上手く説明できません。土屋先生が近づくほど、むせが酷くなります。

土屋先生が手をかざして私の身体を調べているようでしたが、土屋先生が動くと、咳き込みが酷くなり、呼吸困難となり、傷口は痛み、苦しくて涙が出てきてしまいました。私には触れていないのですが、土屋先生との距離が近くなるとむせてしまうのです。これが土屋先生の持つ不思議な力なのかと思いましたが、近づいてくるほど苦しくなります。いろいろと質問してくるのですが、苦しくて答えることができません。

「無理して喋らなくてもいいわよ。貴方は敏感すぎるのね。法医解剖でご遺体に触れてしまうと、死者の悲しみやご遺族の悲しみを、貴方は受け取ってしまうのよ。それが癌の原因になったとは言えないけれど、決して無関係でもないの。だから、貴方は、あまり解剖はしないほうがいいわね」

「はい。もっ、もう、かい、ぼうは、しない、と、おもい、ます」

喋ろうとすると、むせて咳き込んでしまうのです。

また、しばらく私の身体のいろいろな部位に手をかざしております。

「なるほど、一番大きいのはこれね。貴方、八年前に恨みを買っていない？」

そういわれても、ピンと来ませんでした。私は、争いごとが嫌なので、恨みを買うようなことは極力避けようとします。

「はっ、はちねん、まえ、ですか？」

むせて、呼吸困難となり、上手く喋れません。

「そう、この恨みが癌の一番の原因ね。癌は取り切っても、この恨み、生霊が取れていないわね」

「いっ、いきりょう、ですか」

驚きました。

病気の原因に霊障をあげる霊能者がおりますが、私は、霊障なんていわばカルト教団の商売道具にしかすぎないと思っておりました。まさか、そんなものが私についているとは思いませんでした。ますますむせが酷くなり、呼吸がしづらくて、苦しくて仕方ありません。

「そう、生霊。失礼をいうようだけど、貴方が癌になって、喜びそうな人っていない？　その方の恨みだと思うの」

そんな失礼な人がいるか、と思いました。

それよりも、土屋先生が動くたびにむせが酷くなって、呼吸困難になって苦しいので、離れてもらいたかったのです。

「そ、そんな、ひとは、いませ……」

「そんな人はいません」と口にだそうとした、その瞬間、私が癌になって喜びそうな人の顔が浮かびました。その人と大喧嘩したのも、ちょうど八年前でした。

「あっ、おもい、だしました」

それは、義理の姉の父でした。

八年前、兄の妻である義理の姉の見舞いに、横浜のマンションに伺ったときのことです。義理の姉が、「最後は横浜に住みたい」と懇願したので、私の両親が購入して、貸していたマンションです。当時、私は歯学部の学生でした。

義理の姉は、三十歳で乳癌を患い、それまで二度、癌を克服してきました。特に、二度目の再発時には骨まで転移してしまい、手術のすべがなく余命半年程度と宣告されました。しかし、食生活を変え、ビタミンCの点滴注入などの自費診療や様々な民間療法をした結果、癌は消え去りました。しかし、この時期より少し前に、三度目の癌が再発してしまい、闘病生活をしておりました。

この十年間、義理の姉は、癌治療のためなら、高額な自由診療を見つけては、お金の捻出を私の両親に頼み込んできておりました。その治療は、医師が施しているところもあれば、新興宗教団体のような怪しい団体やスピリチュアルヒーラーなど、様々なものでした。生活費や治療費は、両家から捻出されておりました。しかし、割合としては、小林家のほうが二倍以上払っておりました。マンション購入費も含めると、十年間で、少なく見積もっても五〇〇〇万円は援助しておりました。当然、私の両親にも限界がありました。

それは、義理の姉の実家も同じでした。義理の姉の父は、娘の闘病のために、代々から引き継いできた土地を売ったとも伺っております。

金の切れ目が縁の切れ目とはよくいったもので、金銭的に疲弊してくると両家の関係もギスギスして、冷え切っておりました。義理の姉の父は、強い人には靡《なび》いて、弱い人を見下す傾向にありました。ですので、私の母に挨拶すらしません。詳しい事情はわかりませんが、私の両親が高額な自由診療の捻出を断ったのでしょう。

彼の母がいうには、小さい頃からいじめられっ子だったようです。それが影響してか、劣等感が強く、被害妄想が強い方でした。ですから、いわゆるインテリにあたる人に対しても、敵対意識を持っておりました。

夕食後、私は、リビングで母と姪と三人で喋っておりました。そこに義理の姉とその父が帰ってきました。「おかえりなさい」と私たちが出迎えると、彼は、私の顔を見るなり、言いがかりをつけてきたのです。

「オマエ、いい歳して歯学部なんかに行って、働きもせず、よくもこんなところに来れたな?」

いきなり、いちゃもんを付けられたので、私は意味がわかりませんでした。「よくもこんなところに」って、このマンションは、私の両親が購入したものです。名義人は、私の父です。それを兄夫婦に無料で貸してあげているだけなのです。私からしてみたら、両親のマンションにきただけですし、彼こそ他人様でした。

『『よくもこんなところに』って、どういう意味ですか？　ここは私の両親のマンションですよ」

私は、ソファに座っていたのですが、立ち上がっていいました。

「いい歳して仕事もせずに、貴様、歯学部なんか行ってんじゃあねえよ。さっさと、社会に出て働けよ」

「アンタには関係ないことでしょう。だいたい、今から働いたって、生涯年収を考えたら歯科医師になってからのほうがずっと稼げるでしょ。アンタこそ、ちゃんと考えてからモノをいえよ」

私は、売られた喧嘩を買ってしまい、睨みつけました。

「なんだ貴様、その態度は?!」

「オマエこそ、誰？　何様なの?!」

ヒマラヤ聖者の教えによると、夜に怒ると悪魔に取り憑かれるそうです。ですので、私は、夜に狂ったような行動をする方々は、悪魔か何かが取り憑いているように捉えております。このような場合、眉毛と眉毛の間の「印堂」を見つめ、その正体を見極めるようにしております。

「貴様が歯学部なんかに行っているから、治療費が出せねえんだろ」

彼は、要するに、私の両親が歯学部の学費を払わなければならないから、娘の自由診療費が出せないじゃないか、と言いがかりをつけてきたのです。彼からみたら、私のために、ウチの娘は見捨てられたと思い込んでいたのでしょう。

「そんなの関係ないでしょ。じゃあ、歯学部に行っていなければ、治療費をこちらが払わなければならないの？　ウチはこれまでも治療費をずっと払い続けてきたでしょう。保険診療に限らず、得体の知れないものにも高額払ってきたし、なんで、またそんな得体の知れないものに、ウチが払わなければならないの？」


私は、さらに近づいて睨みました。私は、彼がいじめられっ子だったことを知っていたので、こうすれば怯《ひる》むと思ったのです。

「なんだてめえ、その態度は、やるならやるよ。表出ろ」

私の目論見は外れました。彼は、私の胸ぐらを掴み、外に引きずり出そうとしました。

「やめてー」

姪が泣き叫んできました。私は、その声でハッと冷静になりました。

「お願い、お願いだから、止めてよ」

姪はショックのあまり、泣き出して、呼吸困難になっていました。

「俺は、コイツを許さねえ。絶対に許せねえから、決着をつけるまで止めねえよ」

義理の姉の父は、狂った様子で、聞く耳を持ちません。私は、彼の対応に呆れましたが、それ以上に、私に対する恨みが根強いことを知り、悲しくなりました。

「H（姪の名前）が止めてって言っているんだから、止めましょうよ」

私は、彼を宥《なだ》めました。

「なんだ貴様、今さら逃げるのか？」

その目は、怒りに狂っていました。尋常ではありません。

「逃げる、逃げないの問題ではないでしょう。子供が『やめて』って泣き叫んでいるんだから、止めましょうよ。大人として恥ずかしくないのですか？」

「なんだ貴様、今頃になって。俺はオマエを許さない。さあ早くやろうぜ」

「別に貴方に許されなくても結構ですから、止めましょうよ」

私は、気の狂った様子の彼を宥めました。

「お願いだから止めてよ」

姪が泣きながら叫んでおります。私は、泣き叫び、呼吸困難になる姪を見て、悲しくなりました。

「俺はコイツを許さない」

一向に聞いてくれません。


うつ手は一つしか残っておりませんでした。私は、泣きじゃくる姪のために、土下座をしました。

「先ほどは、申し訳ございませんでした」

正直、なんで謝っているのかわかりませんでした。でも、姪のためにこうするしか、他に手段がなかったのです。私は、頭を踏み躙《にじ》られるのを覚悟しました。でも、凶器を使われなければ、頭と腹部をガードしていれば、彼の暴力には耐えることができると考えました。

「なんだ、オマエ、謝ってんじゃねえよ。逃げんなよ。いきなり頭を下げても俺は許さないぞ。さあ、早く顔をあげて、外でやろうぜ」

心底、ぶん殴りたかったのですが、姪のためにやむを得ませんでした。早く殴るなり蹴るなりしろよ、そう思いながら土下座をしておりました。

「すみませんでした」

私は、ひたすら土下座をしておりました。こうなったら、我慢比べです。

「じいじも、お願いだから止めてよ」

姪が間に入ってきました。

「俺は、絶対にコイツを許さない」

私は、ひたすら頭を地面につけておりました。怒りを抑えようと、心を無にしておりました。

姪の泣き声だけが私の耳に入ってきました。

「わかった、止めにしよう」

彼は、ついに観念しました。

「ありがとうございます」

そういうと、私は、顔をあげて起き上がりました。

「でも、俺はオマエを許さないからな」

彼は、そう言葉を吐き捨てました。私は、彼の目を見つめると、これ以上、この場にいても無意味だと察し、帰宅しました。

「そうだわ、おそらくその人の恨みよ。困ったわね。どうしようかしら」

つまり、義理の姉の父は、私を恨んでいた。私だけではなく、娘の高額な自由診療費を出し惜しんでいた私の両親も恨んでいた。同じ思いをさせるには、その息子（＝私）が癌になればよい。だから、その恨みが生霊となって私に取りついていた、というのが土屋先生の見解です。ただ、私はそれだけではないような気がしました。というのも、手術の翌日に、首を絞められた夢を見たのですが、首を絞めていたのは女性だったような気がしたからです。もしかしたら、亡くなった義理の姉も私を恨んでいたのかもしれません。少なくとも、八年前には恨んでいたのでしょう。

あの口論は、義理の姉の父が、娘の気持ちを代弁していただけなのかもしれません。もしかしたら、義理の姉の父は、私にそのことを言うように頼まれていたのかもしれません。実際、義理の姉はあの喧嘩を、娘である姪が泣き叫んでも、止めに入りませんでした。ですから、義理の姉の父も引くに引けなかったのでしょう。

癌の闘病生活というのは、本人だけではなく、その家族をも巻き込んでしまい、精神的にも肉体的にも、経済的にも疲弊させてしまうものなのです。

私は、医療人になって世の中に貢献しようと、寝食を惜しんで必死に頑張っていただけなのに、それによって人から恨まれてしまうこともありうるのだと考えると、悲しくなって涙が出てきてしまいました。

むせも酷くなり、呼吸困難となり、手術の傷口も痛みます。

「とれない、のですか?」

私は、苦しくて涙ながらに尋ねました。

本来、生霊はとってはいけないものだそうです。生霊は、理不尽な恨みや、社会や正義のため避けられない行為で受けてしまった恨みなどの場合に限って、取ることが許されているようです。生霊は、取る方も大変だそうで、下手をすると、取った生霊が術者に取り憑いてしまうこともあるようです。

「せっかく、遠くから来てくれたから、とってみるわね」

土屋先生は、何かお祈りのような、祝詞のようなものをぶつぶつ言い始めました。それに合わせて、私のむせが酷くなり、苦しくて、涙が止まりませんでした。早く取って、と叫びたくなりました。しばらく、咳が続き、呼吸も苦しかったのですが、儀式のようなものが終わると、むせが止まりました。

「少しは楽になったでしょ?」

土屋先生が、私の顔を覗きながら尋ねました。

「はい」

むせの苦しさから解放されて、清々しい気分でした。

「もう大丈夫。ただ、私だけに全てを委ねるのは、やめてね。ちゃんと、病院にも行って主治医と相談して治療方針を決めてね」

「はい、ありがとうございます」

私は、お礼をいって施術室から出ました。土屋先生のヒーリングは、遠隔療法もできるとのことでした。次回は遠隔療法の予約をして、帰路につきました。

昨晩、ホテルではほとんど眠ることができなかったので、名古屋駅までの電車の中でも、爆睡してしまいました。背もたれがあるから爆睡できたのか、生霊が取れたから爆睡できたのかはわかりません。

ただ、生霊というものが存在するならば、生きている人の恨みほど怖いものはありません。「世のため人のため」と思って一生懸命にやっていることであっても、ある人からみたら偽善者の行為として恨みを買ってしまうこともあるのです。

私は、見えないものを見ようと努め、聞こえない声を聞こうと努力してきましたが、そのような能力が未熟であったことにショックを受け、落ち込みました。

Tokyo DD Clinic へ連絡（令和五年二月十四日）

新幹線を降りると、術後間もないのに長旅をしたので、疲れてしまいました。駅から歩いて帰るのも一苦労でしたので、駅構内で休憩することにしました。コーヒーを飲みながら、今後、どうするべきか考えました。

まずは、ステージ２Bという確定診断を覆さなければなりません。翌週に控えた再診日に備えるために、どうすれば良いか考えました。現代医学に疑問を呈している医師は、少数ながら何人かおります。その先生たちを尋ねて行こうと思いました。

そこで、まず頭に浮かんだのが、「キチガイ医（自称）」として悪名高い内海聡医師です。早速、内海医師の Tokyo DD Clinic に電話しました。

しかし、すぐには受診できないとのことでした。受診するためには、「医学不要論」（三五館）と「医者に頼らなくてもがんは消える」（ユサブル）を読んで、ドキュメンタリー映画「内なる海を見つめて」を観てから、受診したいか否かを判断してほしいとのことでした。実際、受診しても、内海医師から追い返される患者も多く、まずはクリニックの方針をよく知ってほしいという配慮だそうです。

早速、その場で Kindle にて二冊の本を購入して、帰宅後に読みました。「医学不要論」をはじめ内海医師の著作物のいくつかは、数年前に読んだことがありました。しかし、医学に染まるほど、無用の長物だと思い、捨ててしまいました。改めて読み直すと、何度か読んだことがあったのに、なぜ知識として頭に入っていることが行動できなかったのか、恥ずかしい気持ちになりました。人は、痛い目に合わないと、行動変容ができないのかもしれません。

併せて、ネットでドキュメンタリー映画「内なる海を見つめて」を購入して観ました。映画を観て、より理解を深めるために、内海医師の「心の絶対法則」（ユサブル）も購入して読みました。

第３節　甲医師との決別

再診（令和五年二月二十二日）

二月二十二日、再診日を迎えました。抗がん剤治療の入院日を決めることになっておりましたが、私は、治療方針に納得できなかったので、反対する意向を示すことを決めておりました。抗がん剤治療をしないことに両親は不安を抱え、今回もついてきてしまいました。午後三時半の予約でしたので、午後三時には病院に着きました。ただ、いつも通り予約時間になっても呼ばれず、午後四時半頃になって、ようやく呼ばれました。

私は、ノックをして入室すると、挨拶をしました。

「両親も説明を受けたいようなので、一緒によろしいですか？」と伺ったところ、甲医師は、面倒くさそうな表情を覗かせ、少し鼻で笑ったように、

「まあ、聞きたいならいいですよ」と言って、両親の入室が認められました。

甲医師は、にこやかな表情に変わり、聞いてきました。

「体調はどうですか？」

「お陰様で、だいぶ良くなりました」

私も、甲医師の様子を伺いながら、答えました。

甲医師は、用意してあった検査結果をもとに説明し始めました。

「遺伝子検査の結果も出まして、君の場合、ＥＧＦＲ遺伝子に欠損が認められているので、この分子標的薬が有効です。一日三回、三年間飲めば予防に効果があるとされております。高いですが、高額医療負担がききますので、毎月の出費も大幅に抑えられます。抗がん剤との併用も可能なので、よかったら是非いかがでしょうか。検討してみてください」

「はい……」

甲医師は、ニコニコと微笑みながら、分子標的薬の説明書を手渡してきました。

私は、遺伝子の変異があったことがそんなに嬉しいのだろうか、と違和感を覚えました。

無難な返事をしました。

「それで、抗がん剤についてはいつから始めるか、決めてきましたか？」

甲医師は、書類に目を向けながら尋ねてきました。私は、いよいよ対決が始まるのかと、一息ついてから尋ね返しました。

「そのことなのですけど、抗がん剤はやらなければいけないのでしょうか。もう癌は取り切ったので、やる必要はないと思うのですが。なぜ抗がん剤をやらなければいけないのでしょうか？」

甲医師の表情は一転して、厳しい顔つきになりました。

「なぜって、標準治療で決まっているからやらなければならないのだよ」

「標準治療とおっしゃいますが、標準治療は、そもそも患者の意思決定を尊重する上で指標となる基準なのではないでしょうか？　インフォームドコンセントもそのような趣旨から成り立っているはずです。ですから、ガイドラインで標準治療として決まっているから、やらなければならないというのは、インフォームドコンセント及びガイドラインの趣旨に反するのではないでしょうか」

甲医師の顔色を窺いながら、反論させる余裕を与えず、言い続けました。

「抗がん剤治療について、私も調べたのですが、肺腺癌の場合、効果は13％しかありません。しかも、国際誌の論文によりますと、抗がん剤治療中に亡くなっている方は7％にものぼります。13％しか効果がないのに、癌も取り切って、リンパ節転移もないのに、致死率7％の抗がん剤をやるのはリスクが高すぎるのではないでしょうか?」

甲医師の瞳孔は左右に震え、若干、動揺している様子でした。

「可能性が低くても、効果があればやるべきだし、君の場合、若いから抗がん剤にも十分耐えられるはずなのだよ。抗がん剤に耐えられるのであれば、効果がある可能性があるなら、やるべきではないかね」

私は、驚きました。抗がん剤について、効果が13%しかないことや致死率が7%であることを否定してきませんでした。私が調べたこと以上の効果や安全性についてのデータを出して反論してこなかったことに、驚いたのです。むしろ、知っていて勧めているのだと思い、腹が立ちました。

「そもそも、なぜ、抗がん剤治療をしなければならないのでしょうか。確かに、ガイドラインにも予防的抗がん剤治療は記されておりますが、それはステージ2以上でリンパ節転移があるような場合に限られているのではありませんか。私の場合、リンパ節転移がないのですから、やる必要はないのではないでしょうか」

「だから、君の場合、今のところリンパ節転移が認められないけれども、確定診断がステージ2Bだから、標準治療として予防的抗がん剤治療をやらなければならないのだよ」

「そうなりますと、ステージ2Bという確定診断が争点になりますよね。そもそも、なぜ私の確定診断がステージ2Bなのでしょうか？　もう一度、病理診断結果を見せてください」

甲医師は、病理診断結果をモニターに映しました。私は、そのモニターを見ながら反論しました。

「浸潤的な細胞異型が1．0㎜のものが一つしかないのに、なぜステージ2Bなのでしょうか。リンパ節転移がなくて（N0）、遠隔転移もなく（M0）、これが腫瘍にあたるのかわかりませんが、仮に腫瘍にあたるとしても1．0㎜しかないのであれば、TNM分類で照らし合わせると、ぜいぜいT1a、N0、M0のステージ1A1なのではないでしょうか。前回、スライス厚の中に浸潤的な細胞異型が2、3あるはずだとおっしゃいましたが、そんなことはここには書いてありませんよね。

確かに、病理検査では摘出した臓器をスライス厚5㎜程度で検査します。でも、60㎜の腫瘍だったら、少なくともスライドが十二枚もあるのに、それで1．0㎜のものが一つしかないのであれば、せいぜい1．0㎜の腫瘍として確定診断をするべきではないでしょうか？　どう評価すればステージ2Bになるのですか。説明してください」

私は、TNM分類表を提示して、説明を求めました。

「君の場合は、画像等を総合評価すると、誰が見てもステージ2Bです」

甲先生は、TNM分類表を無視して、言い張りました。


「そうなのですか。一般的に画像でわからないから、病理診断をして、それをもとに確定診断をするのではないですか。先生が仰っていることは、画像診断で確定診断を出しているのと同じなのではないでしょうか」

私は、引き下がりませんでした。私は、甲医師の目を見つめましたが、甲医師は目線を逸らしました。

「じゃあ、抗がん剤はどうするのだ?」

「このままではステージ2Bだということは、納得できません。確定診断に納得できませんから、抗がん剤はやる意味はないと思います」

甲医師は、一呼吸つきました。

「抗がん剤をやらなければ、いずれ再発するかもしれませんよ」

甲医師は、急にトーンを下げて言いました。その対応に、私は脅してきたと思い、頭にきてしまいました。

「では、抗がん剤をやれば再発しないのですか？　そんなことないでしょう」

私は声を荒らげてしまいました。甲医師の表情は、一瞬、寂しそうな顔になりました。私はハッと気づき、冷静を保つように努めました。

「私は、確定診断に納得できないから、このままでは抗がん剤をやる必要はないと言っているのです」

甲医師は、無言のままでした。

私も、これ以上、議論しても平行線を辿るので、話は進展しないと思いました。

「このままでは何も解決しないので、セカンドオピニオンとして、別の先生の意見を聞かせてくれませんか？」

私は、セカンドオピニオンを申し出ました。甲医師は、明らかに動揺している様子でした。

「セカンドオピニオンを受けるのですね。どこを考えているのですか？」

「術前にもセカンドオピニオンを考えていた、X病院の乙先生にお願いしようと思います。

紹介状を書いていただけるでしょうか」

「紹介状ならいくらでも書くよ。でも、乙先生も私たちの仲間だから、確定診断は変わらないと思うけどどね。紹介状は、一つでいいのかね？」

乙先生も同じような診断をするのか、と心配になりましたが、他に病院は思いつきませんでした。

「はい、一つでいいです。まずは、乙先生の意見を伺わせてください」

「で、抗がん剤はどうするのかね？」

「乙先生にも伺ってみますが、ステージ1であるならば、予防的抗がん剤治療は、ガイドラインも推奨しておりませんし、やらないつもりです」

「抗がん剤をやらないのに、ここに戻ってくるのか？」

甲医師は、ついに怒りを言葉に乗せてきました。

私は、悲しくなりました。信頼して甲医師に全てを委ねて手術を受けたのに、抗がん剤をやらないといっただけで、戻ってくるなと言わんばかりの対応にショックを受けました。抗がん剤を拒否したら出禁扱いされるという、癌治療の都市伝説が真実だったことを知り、悲しくなりました。

「戻ってくるのか、と言われても……。わかりました。確定診断後の経過観察も、万が一、抗がん剤治療をやることになっても、今後はＸ病院にお世話になります」

私は、Ａ大学病院で経過観察をしていこうと考えていたのですが、そんなことはできないことを察しました。

「わかりました。では、紹介状を書いておくので、取りにきてください」

「ありがとうございます」

私は、お礼をいいました。

「ただ、君の場合、遺伝子に変異があるから、また再発するかもしれないからね」

甲医師は、捨て台詞のように、忠告してきました。

私は、悲しみを超えて、怒りが湧いてきました。

「遺伝子に変異があるからまた再発するかもしれないのですか。なぜ、そのようなことが言えるのですか。確かに、この変異が先天的なものであればその可能性はあります。でも、なぜ、この変異が先天的だと言えるのですか。後天的な理由で遺伝子に変異ができることだって、十分に考えられるのではないでしょうか。食生活やストレスによって、遺伝子転写過程でミスが生じて、遺伝子に変異が生じることだって十分に考えられますよね。もしそのような場合でしたら、食生活を改善したり、睡眠時間を多く取ったり、考え方を変えるほうが、よっぽど癌の再発のために効果的なのではないですか。

逆に、こんな分子標的薬を三年間も毎日飲み続けたら、遺伝子転写過程のミスを誘発し、別の遺伝子の変異を生じて、他の癌を誘発させる可能性だってありうるのですよ。そんな、適当なことを言わないでください」

甲医師の顔を見つめながら、私も言い返しました。

興奮した私を宥《なだ》めるように、両親が間に入りました。以降、私は、甲医師とは喋りませんでした。翌週に、紹介状をもらうことになりました。

私は、無言で一礼をして退出しました。悔しい気持ちと、悲しい気持ちが合い混じり、目には涙が溢れてしまいました。

内なる海を見つめて（令和五年二月二十二日）

病院を出ると駅へ向かい、そのまま新幹線で東京へ行きました。内海医師の映画、「内なる海を見つめて」の上映会が東京で開かれるからです。オンライン上映で三回観ましたが、この上映会では内海医師が特別講演をすることになっておりました。そこで、内海医師に受診の直談判をしてみようと考え、参加することにしました。

午後七時の上映開始時刻に、ぎりぎり間に合い、四度目の鑑賞となりました。術後、大勢の人の中に入るのが初めてでしたので、むせないように努めました。

上映後に、内海式精神分析法が講義されました。自らの深層心理を理解しないと肺腺癌の再発を予防できないのかもしれない、と内海式精神分析に興味を持つようになりました。

講演後、内海医師のもとに行きました。本を読んで、映画も四回観たのだから、受診させてもらいたい旨を申し出ました。しかし、受診をするには、内海医師を納得させる理由が必要とのことでした。私は、癌の再発防止のために、自らの深層心理を理解したいと申し出たのですが、動機が不十分とのことで断られてしまいました。

残念でしたが、私は、内海医師の著作物を通して、癌の再発防止のための知識と勇気を得ることができました。ですので、私は、受診する必要がなかったのだと割り切って、帰宅することにしました。

第5章　確定診断

第1節　先駆者との対話にて

甲医師と決別してしまったのですが、乙医師の確定診断を伺うのが怖くて、すぐにはX病院には行けませんでした。いろんな先生の意見を聞いてみたい、特に癌サバイバーの医師の意見を伺ってみたいと思い、仕事の休日は、著名な先生や信頼していた先生のアドバイスを受けるために、全国各地を飛び回りました。予約の関係で四月下旬までかかってしまいました。これら一通りの意見を伺ってから、乙医師の確定診断を受けようと思ったのです。

小林正勝医師（令和五年二月二十四日）

二月二十四日に、「岡崎ゆうあいクリニック」で癌治療相談をしました。院長の小林正勝医師は、自ら甲状腺癌、多発リンパ節転移を発見し、その後、全国を飛び回って統合医療の医師、がんサバイバー、一流の施術家やプロのカウンセラーに会い、知識と技術を学んできた先生です。その体験をもとに、「感性医療」を標榜して、『こんなにもあった！　医師が本音で探したがん治療　末期がんから生還した物理学者に聞くサバイバルの秘訣』（保江邦夫氏との共

著　明窓出版）など、癌に関する本を三冊記されております。
私は、これらの書物に感銘を受けたので、岡崎まで向かいました。術後初めての長距離運転だったこともあり、通常なら片道三時間で着くところ、休憩をはさみながら運転したので、五時間かかりました。

小林先生の診断によると、甲医師の確定診断であるステージ２Ｂについてはセカンドオピニオンを受けて、それから自分で治療方針を決めていくのがいいとのことでした。また、抗がん剤治療については、癌は取り切ったことから、リンパ節転移がなければ不要ではないか、とのことでした。

私が肺腺癌を患ったのは、研究生活が肉体的にも精神的にも苦しいものであったからではないか、特に、法医学の研究に割く時間を極力減らすようにと助言を受けました。

そして、心のあり方を振り返ることの重要性について説明を受けて、癌サバイバーの岡部明美さんの書物である「私に帰る旅」（学芸みらい社）と、「約束された道」（学芸みらい社）を勧められました。さらに、「医師が本音で探したがん治療」に登場されている超能力者ヒデさんを紹介してもらいました。

岡崎を後にすると、帰り道にて、土屋先生の遠隔ヒーリングを受けました。先日、私の生霊をとった際に土屋先生にもダメージが大きかったようで、大変だった旨を伺いました。遠隔ヒーリングは、正直、効果は分かりませんでした。ですので、今後、遠隔ヒーリングは止めることにしました。

船戸崇史医師（令和五年三月九日）

三月九日は、岐阜県養老町の船戸クリニックの「Rebone 外来」を受診しました。船戸クリニックの院長、船戸崇史先生は、自ら腎臓癌を患い、摘出手術を行ったあとは、再発防止のために食事の改善をはじめ、あらゆる方法を試した先生です。その体験をもとにした著書「がんが消えていく生き方」（ユサブル）では、効果のある補完代替療法、再発防止には必須の生活習慣改善など、癌発症から十三年経過して初めてエビデンスとして証明できた方法を紹介しております。

その集大成とも言える「Rebone 外来」は、「あなたの癌はあなたの今までの生き方の中に原因があった」ことに気づき、「本当の自分はいったい何がしたいのか」を気づかせることを目的とした外来です。

船戸先生の診断によると、私の肺腺癌は、研究と臨床によりほぼ無休で仕事を続け、睡眠時間が少ない生活が身体にストレスを与え続け、発症したのではないか、とのことでした。術式は、仮に腫瘍が60㎜であれば、下葉切除術までは許容できるとしても、リンパ郭清術はやりすぎとのことでした。手術はやりすぎだけれど、大丈夫、問題ないとされました。乙医師の確定診断が出たら、報告してほしいとのことでした。

また、癌サバイバーとしては、夫婦間の協力が効果的で、私に奥さんがいると協力してもらえて、長生きしやすいとのことでしたので、再発の心配がなくなったら、婚活をすることを約束して、養老町を後にしました。

この日は、美濃太田のホテルに泊まりました。翌日に、土屋先生の施術があるからです。

ヒデさん（令和五年三月十日）

十日は、午後三時半よりヒーリングサロングレイスにて、土屋先生の施術を受けました。土屋先生が前に立つと、むせてしまいます。肺を切除したスペースに水が溜まっており、それでむせやすくなっているので、水を抜いてもらうことにしました。

水を抜くといっても、土屋先生が何かを祈り、手を手術部にかざすだけです。ただ、不思議とむせが治っていきました。実際に水が抜けたのかはわかりませんが、むせが止まったのです。


施術後、美濃太田から高速道路に乗り、名古屋に向かいました。午後六時から名古屋にて小林正勝先生に紹介してもらったヒデさんのカウンセリングを予約していたからです。ヒデさんは、名前と年齢が書かれた文字に触れるだけで、その人の神様や仏様と繋がって、その人の性格や運命や未来などわかってしまうそうです。

挨拶を済ませると、私は、紙に名前と年齢を書いて渡しました。ヒデさんのリーディングによると、癌をとったのは早とちりで、そもそも癌ではなかったのではないかとのことでした。手術の侵襲が大きいので、あと一～二年は癌サバイバーとして術後の後遺症と向き合わなければならないようです。焦りすぎは禁物とのことでした。

働きすぎと運動不足と睡眠不足で血液が汚れ、ドロドロになっていたので、甘いものを控え、コーヒーを取りすぎず、野菜を多く食べるようにとの助言をうけました。できるだけ、働く日にちを減らすほうがよい、癌の再発を防ぐためにも、パートナーがいるほうがよいとのことでした。しばらくすると、パートナーが現れるとのことでしたが、子供が生まれるかは、五分五分だそうです。

セカンドオピニオンを受ける乙医師は、自分が正しいと思うことを忖度せずに、物事をはっきり言ってくるので、予め理論武装をして臨んだほうがよいとのことでした。

また、紹介者の小林正勝医師と同じように、体験記を出版するだろうと指摘されました。ヒデさんによると、私は、歯科医師として、人助けをすることを使命としているようです。

世の中の多くの人たちは、神様を拝む段階にいるのですが、私は、すでに神様を拝む段階は卒業している領域にいるとのことでした。この領域にいる人は、２％程度しかいない、裏を返せば、残り98％の人とは話が合いにくいそうです。

私は、仏性を高めて、宇宙の真理を探究して、それを人々に伝えることが使命だそうで、何かを通して学ぶというよりは、高野山などの仏閣を訪れることで、やるべきことがわかるとのことでした。ですから、直感をもっと信じるようにとの忠告を受けました。私は、極めて少数派なので、合う人も極めて少ないけれども、宇宙の不思議を理解して伝えることができるはずだとのことでした。
また、父方の祖母が、私を守護してくださっているので、今回は、大事には至らなかったようです。

祖母は、口が悪く、厳しい人でした。でも、現代版「おしん」のような方で、生き抜く力が凄く、私は、生前より頭が上がりませんでした。祖母は、母（曽祖母）を十歳の時に亡くし、父（曽祖父）を十五歳で亡くして以降は、弟と妹を育てるために働きました。祖母の実家は、代々修禅寺の石屋の家系で、父（曽祖父）は、石屋として出張中に、山道を自転車で走行している時に、バスに轢かれて亡くなったのです。

父（曽祖父）を轢いたバスは、キャリアカーに載せていた石材でボコボコに傷ついてしまったようです。今では考えられませんが、十五歳だった祖母は、轢いたバス会社から、バスを壊したとして損害賠償金を求められてしまいました。もちろん、十五歳の少女に、そんなお金はありません。

そこで、修禅寺の門前に立ち並んだ広大な石屋の家屋を、近隣の旅館に売却せざるを得なくなり、その金額でバス会社に賠償したようです。十五歳の少女にとって、突然父を失っただけでなく、バス会社と近隣の旅館に修禅寺の代々続く実家が乗っ取られてしまったのです。十五歳だった祖母は、住むところがなくなってしまいました。

文字通り裸一貫からスタートして、生活費を稼ぎ、弟と妹を学校にいかせました。そんな祖母が幼少より入っていた風呂が、実家の目の前にあった「独鈷《とっこ》の湯」です。今は、足湯も禁止されておりますが、「独鈷の湯」を見ると祖母を思い出します。

その祖母が守護霊として、私を守ってくれていたようです。確かに、裸一貫からスタートして弟と妹を育てた祖母なら、死んでも孫を守ってくれるようなバイタリティーはありそうだと納得しました。祖母がいたから、私も現在、この世にいるわけなので、そのように考えると感謝の気持ちでいっぱいになりました。

復刻版超強力磁力線発生器（令和五年三月二十五日）

三月二十五日、株式会社ケネストより、「復刻版超強力磁力線発生器」が届きました。約三千もの特許品を発明した政木和三博士（一九一六年～二〇〇二年）が発明した超強力神経波磁力線発生器の復刻版です。

これは、人間の神経信号と同じ波長を利用して、細胞レベルから健康増進が期待される発明品です。人間の神経信号である二相性活動波形と同じ発振出力の波形を作ることで、細胞を活性化させて、細胞内の水を負の状態にすることによって、細胞周囲の栄養分を吸収しやすくすることを目的に作製されました。

その理論は、次のように説明されます。すなわち、病気の細胞は、周辺にいくら栄養分があっても吸収する力がない状態であることから、強力なインパルス磁力線を当てることで、細胞内の水の電位が変化して、中性から負の状態になって、栄養分を吸収することができるようになり、病気は改善するであろうという理論です。

例えば、癌のような長期間の経過による病気では、病巣の周囲を守るバリヤが生じ、栄養とか薬が患部に行くのを妨げてしまい、いくら栄養を取っても、薬を飲んでも、患部へ届かなくなるようです。しかし、この磁力線をかけると、約八時間、そのバリヤがなくなり、栄養が届くことになり、細胞が若返り、病気が回復していくという効果が期待されます。

この装置は、患部に当てるのが効果的なのですが、より効果をあげるために、まずは頭に流すのがよいとのことでした。頭に数分当ててから、患部に当てると病気の回復が期待できるようです。

そこで、私は、早速、部屋の明かりを消して布団に入り、発生器を頭に当てて寝ることにしました。

目を瞑って、呼吸を整えると、真っ暗だった瞼の裏が、パルスのリズムに従ってチカチカして明るくなりました。チカチカして明るくなった光の中に、突然、父方の祖母が出てきました。ヒデさんが仰っていた、私の守護霊の一人です。

このような映像が現れてくるなんて、効果には書かれていなかったので驚きました。

祖母は、ニコニコと微笑んでおりました。

「ヒデさんから聞いていたけど、本当に、私を見守ってくれていたの？」

私は、そのように問いかけました。

「生きている時と同じよ。息子や孫のことは、そりゃあ心配よ。でも、すすむ君だけよ、わかってくれるのは。息子達は聞く耳も持たないし、こちらから話しかけても、全然わからないし、気づいてもくれない。だから、助けたくっても、助けられないのよ」

祖母は、生前は口が悪かったのですが、優しい口調になっておりました。

「ありがとうございます。今回は、本当に助かりました」

思わず、涙が溢れてしまいました。

「それよりもね、すすむ君は、凄い人が面倒を見てくれているのよ」

祖母は、誇らしげな表情をしております。

「凄い人？」

「そう、驚かないでね。すすむ君には、後花園《ごはなぞの》天皇がついているのよ」

誰それ？　というのが正直な感想でした。「凄い人」と言われたので、歴史上の偉人を期待していたのに、無名の天皇の名前が出てきたので、がっかりしました。ただ、祖母は生前より天皇家が大好きでしたので、祖母らしいなと思いました。

「後花園天皇？　花園天皇じゃなくて？」

花園天皇なら耳にしたことがあったのですが、後花園天皇の名前は聞いたことがありませんでした。

「そう、後花園天皇よ」

そういうと、祖母は、中年男性を連れてきました。質素な服を身に纏った、申し訳なさそうな表情の中年男性が登場してきました。天皇というからには、もっと神々しい服を着ているのかと思っていたので、拍子抜けしてしまいました。


「貴方が後花園天皇ですか？」

私は尋ねました。

「はい、今の時代では、そのように呼ばれているようです」

紹介された方は、照れた様子で答えました。

「貴方は、本当に天皇だったのでしょうか？」

私は、失礼だと思いながらも尋ねました。

「はい。ただ、本当ならば、私は天皇になるはずではなかったのです。時代の流れと、数奇な運命から、私は天皇になってしまったのです」

後花園天皇は、謙虚に答えてくださいました。

「そんなことって、あるのですね。でも、天皇になれないはずなのに、天皇になってしまうなんて凄いですね。すみません、どのような方だったのか、後で調べさせていただきます」

私は、この方の謙虚な姿勢に感心しました。目の前にいる後花園天皇からは、本心では天皇になりたくなかったのだけれども、時代の流れから天皇に祭り上げられてしまい、その期待に応えるべく、天皇としての役割を全うしたというような気概を知ることができました。事実なのかどうか分かりませんが、目の前で起きていることに、不思議な出来事ってあるのだなあ、と感心しておりました。

祖母は、天皇が孫を守護していることを誇らしそうにして、ニコニコしておりました。

「ねえ、凄いでしょ。だから、すすむ君は、凄い人達が見守ってくれているから、これからも心配しないでね」

私は、「心配しないでね」という祖母の気遣いに感動してしまいました。手術を受けて癌が消え去っていたので、大丈夫だとは思っておりましたが、やはり、再発の心配や今後の生活の心配など、心配の種は尽きませんでした。ヒデさんからも、祖母が私を守護してくれていると伝えられていたので、祖母の存在が有難く、その温かさに感動して、涙が溢れてしまったのです。

すると、むせて咳き込んでしまいました。肺が痛く、苦しくて、思わず目を開けてしまいました。

再び、発生器を頭に当てて目を瞑ったのですが、祖母と後花園天皇は、現れてくれませんでした。待てども、現れてくれません。

私は、目を開けてしまったことを後悔しました。もっと沢山、聞きたかったのに、聞くことができなくなってしまいました。残念でしたが、そもそも後花園天皇が実在したのか確かめなければなりません。部屋を明るくして、パソコンで「後花園天皇」と検索しました。

後花園天皇（一四一九年～一四七一年）は、日本の第一〇二代天皇（当時は一〇四代目）で、動乱の時代を生き抜いた天皇でした。本来は皇統を継ぐ立場にはなかったけれども、傍系で三《さん》従兄弟《じゅうけいてい》（＊またいとこ）にあたる称光天皇が嗣子を残さず崩御したため、九歳で皇位を継ぎました。

践祚《ばっそ》（＊天皇の位につくこと）と同時に正長《しょうちょう》の土一揆が起こり、恐怖政治を行っていた足利義教《よしのり》の保護を受け、十五歳で儒学を極めました。図書館事業をして文献を保存したり、『新続古今和歌集』を編纂したりと、教養に富んだ天皇でした。

人望が厚く、足利義教の死後、幕府が後花園天皇の「治罰の綸旨」を頼りにしたことで、後花園天皇は、政治的な力も持つようになりました。南北朝時代でしたので、三種の神器が盗まれるという前代未聞の事態（禁闕《きんけつ》の変：一四四三年〜一四五八年）も生じてしまいました。上皇になってからも、応仁の乱（一四六七年）が起こるなど、激動の時代を生き抜き、皇統継続への危機管理から、現代に続く皇室と旧皇族の基礎を固めた天皇でした。

大應寺蔵の伝後花園天皇像の顔も、「ハ」の字のような眉毛で、なんとなく申し訳なさそうな顔をしているところが似ておりました。

不思議な体験でしたが、私は、この「復刻版超強力磁力線発生器」を当てることで、後花園天皇を知ることができました。ただ、以後、同じように「復刻版超強力磁力線発生器」を当てて寝ておりますが、このようなビジョンが現れたことはありません。

佐藤栄一宮司（令和五年四月六日）

四月六日は、宮城県石巻市にある天津神大龍神宮《あまつかみだいりゅうじんぐう》の佐藤栄一宮司のもとに、公式参拝をさせていただきました。佐藤宮司は、保江先生の講演でその存在を伺ってから、一度はお会いしてみたかった方でした。

新幹線で仙台まで行き、レンタカーを借りて車で石巻へ向かいました。辺鄙《へんぴ》なところにありますが、全国から参拝客が途絶えず、私も二ヶ月待ちで参拝することができました。

敬神崇祖を基として幼少より霊的な力に優れた佐藤宮司は、建具工場経営の傍ら自社内に小規模の社をまつり、神々からの力により様々な人助けの奉仕活動を行っておりました。その活動を続けるうちに、天津神大龍神と称される神よりご神託を授けられ、これからの世に必要となる神まつりの伝承と後に続く者等への道を開くため、神社の創建をされたようです。

怪しげな儀式が終わると、カウンセリングとなりました。佐藤家は、そもそもは和漢方の家系で、江戸時代より地元の人々に頼られてきたようです。佐藤宮司は、方言が強く、息子さんの通訳がなければ、何を言っているかほとんどわかりません。私を見るなり、癌であった様子が見うけられないので、そもそも癌ではなかったのではないか、とのことでした。癌の手術は、主治医の勘違いによるもので、再発の心配は全くなく、私は長生きできるとのことでした。

また、人間には無限の力が備わっているとして、私にも無限の力が備わっているのだと仰ってくださいました。その無限の力を信じるようにとのアドバイスを受けました。さらに、父方の祖母が守護霊として私を守ってくれているとのことでした。人生には、先祖の影響力が大きいことを力説され、お墓参りの重要性を説かれました。

佐藤宮司のアドバイスは、ヒデさんのリーディングと一致していた部分が多かったのに驚きました。そこで、ヒデさんのリーディングでは不確定だったものについて、深掘りしてみました。結婚と子供ができるかについても伺ったところ、私は、結婚もできるし、子供もできるとのことでした。

私の癌闘病記は、読みたい人が多くいるはずなので、是非、本にしてくださいとのことでした。この体験記を本にすることを約束して、石巻を後にしました。

蔦田《とびた》貴彦先生（令和五年四月十四日）

四月十四日は、神戸市在住時代からお世話になった大阪府交野《かたの》市の宝命堂にて、鍼治療を受けてきました。大阪市内のクリニックに勤めていた時に、患者さんからお勧めされた治療院です。比較的安価で効果絶大の鍼治療をしてくださります。免疫力アップのためには、交通費がかかっても宝命堂に通いたいと思い、再び、施術を受けることにしました。

蔦田貴彦先生は、全盲の鍼灸師です。元々は陸上の走り幅跳びの選手で、高校時代に大阪府で優勝して、スポーツ推薦で大学に入学するほどでした。体力に自信があったため、社会人となっても、外資系企業で朝から晩までバリバリ働いていたそうです。しかし、無理が続いてしまったため、二十代後半に髄膜炎で倒れてしまい、命に別状はなかったのですが、視力を失ってしまいました。しかし、それに挫《くじ》けることなく、鍼灸師の資格を取り、素敵な奥様にも恵まれました。

蔦田先生は、「人生、生きているだけで丸儲け」をモットーとして、心底明るい方です。目が見えず、娘の顔を見ることができず、真っ暗闇の世界に過ごしているのですが、とにかく明るい人柄です。

関西在住の頃、私は、歯科医師の職業病である肩こりに悩まされ、頻繁に通っておりました。当時から蔦田先生より、「働きすぎると身体を悪くしますよ」との忠告を受けておりました。癌を患ってからは、もう少し助言を聞いておくべきだったと後悔したものです。

この日も、明るく迎えてくれました。印象に残るアドバイスとしては、「体調が回復したら、今まで通りに運動を続けたほうがよい」とのことでした。運動をすると、運が動くので、幸運を運んできてくれるそうです。

蔦田先生と話していると、ふと思うことがありました。私は、術後に、多くの癌サバイバーの体験記や奇跡的な治癒の体験記を読みました。癌が消滅したという奇跡的な体験はよく聞くのですが、蔦田先生のように一度失明してしまった方が視力を回復したという奇跡的な体験は、一度も聞いたことがありません。そこで、考え込んでしまいました。人は一度視力を失ったら、どんなに文明が進歩したとしても回復できないのだろうかと。

もし私が蔦田先生の立場なら、どうするだろうかと考えてみました。おそらく、一度絶望してしまい、生きる気力を無くしてしまうかもしれません。しかし、その絶望期を越えたら、再び目が見えるようにチャレンジすると思います。もちろん、そんなことは、現代医学では不可能です。でも、未来永劫不可能なのでしょうか。

ロシアのサンクトペテルブルクにある研究所では、全盲となってしまった者に対して、透視能力を開発することで視力が回復するという試みがなされているそうです。また、リモートビューイング（遠隔透視）も研究されており、その能力が身についてくると、過去や未来、身体の中まで見えてくるそうです。

そのような話は、癌を患うまでは本気にしておりませんでした。しかし、超能力を医療に役立てることができたら素晴らしいことです。もしかしたら、数千年後には、超能力者でないと医者になれない世の中になっているのかもしれない、と想像しながら交野市を後にしました。

秋山泰朗《たいろう》先生（令和五年四月十四日）

交野市を後にすると、大阪市内にある森ノ宮ホリスティックへ向かいました。こちらも、関西在住時代からお世話になったところで、不思議なヒーリングサロンです。

秋山泰朗先生は、鍼灸師の免許を持っておりますが、針は一切使いません。整体やカイロプラクティックでも重視されている仙骨や頚椎の無痛調整と、ハンド・ヒーリングを用いて気の流れを整えて、自然治癒力を高めていく施術をしてくださいます。また、心の問題であるトラウマやストレス、思い込みや強迫観念から解放して、症状を改善してくれます。とにかく、施術が気持ち良すぎて、毎回、眠ってしまうほどです。

施術の際に、いろいろなことを教えてくれるのですが、難しすぎていつも忘れてしまいます。ですので、頭で理解するのではなく、心で把握しようと努めております。秋山先生は、一人一人が小宇宙であるとして、身体も一つの小宇宙であると見做しているようです。

おそらく、エゴを少なくすることで、人間という小宇宙を澄みきったものにして、運命が好転するようにお手伝いしてくれているのではないでしょうか。エゴを少なくして、在るが儘に生きることを勧めてくれているように捉えております。

この日は、ブルーノ・グルーニングを紹介されました。驚いたことに、私は、この前日にブルーノ・グルーニングを知り、新幹線の中でブルーノ・グルーニングのドキュメンタリー映画を観てきたのです。


ブルーノ・グルーニング（一九〇六年～一九五九年）はドイツに実在した男性で、「奇跡のヒーラー」としてヨーロッパ諸国で話題となった人物です。彼は幼少の頃より、特異な能力を発揮しました。それは、彼が近くに来ると病人の健康状態が回復してしまう、というものでした。彼は、「神こそ最も偉大なヒーラーである。だから神への信仰心を忘れないように」と、このメッセージを伝えるために、大勢の人々を無償で治癒しました。

そして、秋山先生からブルーノ・グルーニングの名前が出たことで、私も彼のように病人の健康状態が回復してしまうような存在になりたいと思うようになりました。神が己の中に実在すると信じることができれば、奇跡が起きるのかもしれません。

青木秀夫医師（令和五年四月二十七日）

四月二十七日は、バイオレゾナンス医学会に属する青木秀夫医師の青木クリニックを受診しました。青木クリニックは、静岡県富士宮市にあり、全国各地から噂を聞きつけた患者が多く来院します。

受付を済ませ、しばらく待つと、診療前にスタッフのカウンセリングを受けました。食生活についての注意です。牛乳や砂糖や生ものを避けるように指導を受けました。青木医師の著書『『バイオサンビーム』で病気が治った」（風雲舎）に書かれていた内容の、簡略版でした。

先生の診察は、唯一無二と言ってもいいほどの、特殊なものです。「バイオサンビーム」は、矢山利彦先生が提唱した、バイオレゾナンス医学（＊波動エネルギーの共鳴を診て、病気を治す治療）を発展させたものです。各臓器や病原菌のカードを手に持って、波動エネルギーの共鳴を診る装置「ゼロ・サーチ」を患者の身体に向けて、その反応を調べるそうです。そして、患者に紙カードを身に付けてもらい、漢方中心の必要な薬を処方する、という診療です。
青木医師の診断によると、私は、癌の再発の心配はないとのことでしたが、手術の侵襲が大きく体力がかなり消耗していることと、電磁波が身体に蓄積されていることを指摘されました。

このときに初めて、電磁波のことを指摘されました。私は、通勤時に電車内に乗客が増えるとむせが止まらなくなり、咳き込んでしまうことが多く、電車通勤が苦痛でした。それは、人混みになると空気中の塵《ちり》や埃《ほこり》が酷くなるからだと考えておりましたが、青木医師の診察を受けて納得しました。その原因は、乗客の持つ携帯電話から発せられる電磁波が共鳴して、私の呼吸を苦しくしていたようです。

携帯電話の電磁波は、ノートパソコンよりも四倍も強力で、その影響は5mに及びます。電車内では半径5m以内に多い時には一〇〇人近くになりますから、携帯電話から発せられる電磁波はお互いに共鳴し、相当大きいものだと思います。

私は、青木医師から電磁波対策のグッズを作っていただきました。癌の再発はないだろうとのことで、再診も不要とのことでした。これで、安心して、いよいよ乙医師の診断に臨むことができるようになりました。

第2節　乙医師の確定診断

確定診断（令和五年四月二十八日）

四月二十八日は、X病院の乙医師の診断を受けに、東京へ向かいました。予約は十一時にとっていたのですが、早めに病院に向かいました。受付にて、紹介状を渡して待ちました。

名古屋の超能力者ヒデさんから、「乙先生ははっきりとモノをいう先生だ」と伺っておりました。ですので、いろいろなシチュエーションを想定して、知識を詰め込み、理論武装をして、決戦のつもりで臨みました。

診察室に入ると、予想とは異なった、穏やかそうな顔をした乙医師が座っておりました。挨拶を済ませると、乙医師は、紹介状に目を通し、紹介状に添付されていたＣＤ‐ＲＯＭから読み取ったＣＴ画像を映し出しておりました。

「大変でしたね。体調はどうですか?」

私は、乙医師の顔色を窺っておりました。攻撃的な人ではないように思えました。

「はい、お陰さまでだいぶ回復してきました。まだ人混みに入るとむせてしまいますが、それでもかなり良くなってきました」

「それは良かったです。むせてしまうのは、まだ肺が膨らみきっていないからだと思います。肺が膨らむまで半年くらいかかるので、焦らないで様子を見てください」

「はい、ありがとうございます」

決戦のつもりで臨んだのですが、予想とは異なり、穏やかな雰囲気で診療はスタートしました。

「まず、紹介状に書かれている予防的抗がん剤治療なのですが、この抗がん剤治療は十人に一人しか効かないから、うちではリンパ節転移があった患者さんで、かつ患者さんから希望した場合にのみしかやらないようにしております。この紹介状を書いてくださった先生は、予防的抗がん剤治療が標準治療だと仰っているけれども、これはねえ、学会でも争いがあるところなのです。ですから、そもそも標準治療とはいえないのです。だから、小林さんには必要ないと思うのだけれども、やりたいですか？」

えっ、と驚きました。予防的抗がん剤治療に対して、私と同じスタンスでホッと一安心しました。甲医師の見解に対して、はっきりと物言いをするという意味で、ヒデさんの予見は当たっておりました。

「いえ、全然、やりたくないです。そうですよね。私も、なんでリンパ節転移もないのに抗がん剤治療をやらなければならないのか納得できず、甲先生にその理由を伺ったところ、意見が衝突してしまったのです。その大きな理由が、確定診断がステージ２Ｂということにあったのですが、それも納得できませんでしたので、今回、こちらの病院に紹介状を書いていただいたのです」

「うーん……。そうでしたか」

乙医師は、紹介状に目を通しながら、少し困った表情になりました。ＣＴ画像も断面を変えて見ております。

「２．０㎜の浸潤性細胞異型があるだけですよね……」

「１．０㎜です」

私は、甲医師は紹介状で腫瘍の大きさを変えてくるだろうと予想していたので、即座に否定しました。１．０㎜を１．０㎝くらいに改竄《かいざん》してくると予想しておりました。一般に細胞異型は２．０㎜以上になると腫瘍と見做されるので、２．０㎜と記載したのでしょう。ここはキッ

T:腫瘍そのものの状態		
TX		原発腫瘍の存在が判定できない
T0		原発腫瘍を認めない
Tis		上皮内癌
T1		腫瘍の充実成分径が3.0cm以下
	T1mi	微小浸潤性腺癌:充実成分径が0.5cm以下かつ病変全体径が3.0cm以下
	T1a	**充実成分径が1.0cm以下かつTis・T1miには相当しない**
	T1b	充実成分径が1.0cmより大きくかつ2.0cm以下
	T1c	充実成分径が2.0.cmより大きくかつ3.0cm以下
T2		充実成分径が3.0cmより大きくかつ5.0cm以下
	T2a	充実成分径が3.0cmより大きくかつ4.0cm以下
	T2b	充実成分径が4.0cmより大きくかつ5.0cm以下
T3		充実成分径が5.0cmより大きくかつ7.0cm以下
T4		充実成分径が7.0cmより大きい
N:リンパ節への広がり		
NX		所属リンパ節転移の評価が不可能
N0		所属リンパ節転移なし
N1		同側気管周囲及び/又は同側肺門リンパ節転移
N2		同側縦隔リンパ節転移及び/又は気管分岐部リンパ節転移
N3		対側縦隔、対側肺門、同側・対側斜角筋前、同側・対側鎖骨上リンパ節転移
M:他臓器への転移		
M0		遠隔転移なし
M1		遠隔転移あり
	M1a	対側肺内の副腫瘍結節または胸部結節、悪性胸水(同側・対側いずれも)、悪性心嚢水
	M1b	肺以外の一臓器への単発遠隔転移がある
	M1c	肺以外の一臓器または多臓器への多発遠隔転移がある

表３肺腺癌のＴＭＮ分類表（確定診断）

乙医師の診断によると、甲医師の紹介状に記載された２．０㎜という細胞異型は、腫瘍のそのものの状態は、Ｔｌａと診断されたこととなる。１．０㎜の細胞異型は、知人の医師からは、原発腫瘍の存在が判定できないのではないか（ＴＸ）とか、せいぜい上皮内癌（Ｔｉｓ）なのではないかとの意見もあった。

		N0	N1	N2	N3	M1a	M1b	M1c
T1	T1a（1㎝以下）	1A1	2B	3A	3B	4A	4A	4B
	T1b（1-2㎝）	1A2	2B	3A	3B	4A	4A	4B
	T1c（2-3㎝）	1A3	2B	3A	3B	4A	4A	4B
T2	T2a（3-4㎝）	1B	2B	3A	3B	4A	4A	4B
	T2b（4-5㎝）	2A	2B	3A	3B	4A	4A	4B
T3	T3（5-7㎝）	2B	3A	3B	3C	4A	4A	4B
T4	T4（7㎝以上）	3A	3A	3B	3C	4A	4A	4B

表４肺腺癌のステージ（確定診断）

私の確定診断は、腫瘍そのものの状態はＴⅠａ、リンパ節への広がりがなく（Ｎ０）、他臓器への転移もない（Ｍ０）ので、肺腺癌のステージ１Ａ１となった。

パリと訂正しました。

「病理診断では１．０㎜と書かれておりました。写真を撮ってもよろしいでしょうかと伺ったのですが、断られてしまいました。私の両親も見ておりますので、状況証拠ならあります」

「まあ、２．０㎜だとしても、これはねえ……。確定診断はせいぜいステージ１Ａ１だと言わざるを得ないですね（表３・４）」

乙医師は、甲医師の面子を傷つけないように気を使いながらも、困った様子でした。

「そうですよね。私もそういったのですが……」

「私は、このレベルの肺腺癌で、再発したケースを見たことがありません。なので、うちなら経過観察もしないのではないか、といった程度です。とはいえ、絶対にないとも言えませんので、経過観察はどうされますか？」

「検査で相当な放射線量を被曝してしまったのです。経過観察となると毎回ＣＴを撮影するので、私も、できればしたくないのですが……。ただ、両親が甲先生の見解を鵜呑みにして、怖がってしまっているので、一度、見ていただけますか」

「わかりました。では、はじめのうちは半年に一回しましょうか」

「はい、よろしくお願い致します」

「抗がん剤治療は、やらないでいいですか？」

「はい、やりません」

私は、キッパリと断りました。

「私もやらないでいいのではないかと思います。しかも、この抗がん剤は十人に一人効くとされておりますが、脳転移に効果があっただけで、他の臓器への転移には全くエビデンスがないのです。ましてや、紹介状に書かれている分子標的薬は、臨床レベルでは全くエビデンスがありません。ですから、小林さんには不要だと思いますよ」

「ありがとうございます。私もやる気は全くありませんでした」

乙医師の診断が私の意向に沿ったものだったので、嬉しくなりました。乙医師は、紹介状に目を通し、ＣＴ画像を角度を変えて様々な断面から見ておりました。

「うーん、右肺下葉の摘出とリンパ郭清術か……」

乙医師は、呟きました。

「やはり、やりすぎですよね？」

私は、船戸先生の「リンパ郭清術はやりすぎ」との指摘を念頭に伺いました。

「いや、間違いではないのですよ。この先生のように、右肺下葉を全部取るという先生もいるとは思います」

えっ、そっち？　と驚きました。私は、乙医師がリンパ郭清術はやりすぎである旨を指摘するのかと予想しておりました。下葉切除術について言葉を濁していたということは、まさか部分切除で済んだのではないか、との不安がよぎりました。

「もしかして、こちらでしたら部分切除でしたか？」

「うーん、確かに、この先生のように下葉を全部摘出してしまえば、確実に再発を防げることができるので、間違いじゃないのですが……」

乙医師は、言葉を慎重に選びながら、言おうか言うまいか考えている様子でした。

「おそらく、私なら部分切除だったと思います。この病院なら他の先生もそうしたのではないでしょうか」

抗がん剤治療をしなくていいという喜びが、一瞬にして、吹っ飛んでしまいました。

「やっぱり。そうですよね」

ショックでした。切り取ってしまった臓器はもう戻りません。

「でも、今、こちらにくるのでしたら、なぜ、術前にこちらでセカンドオピニオンを受けなかったのですか？」

乙医師は、気落ちする私をみて尋ねてきました。私は、悔しさを滲ませながら弁論しました。

「私も、右肺下葉切除術は侵襲が大きいものだったので、部分切除についてのセカンドオピニオンを受けたいと甲先生に申し出たのです。でも、甲先生は、私の症状であれば、呼吸器外科の専門医が一〇〇人いたら一〇〇人とも下葉切除をするケースだとおっしゃいました。術式が変わらないのであれば、セカンドオピニオンをする意味がないと思ってしまいました。

また、甲先生がいうには、ステージ2の場合、何も治療しなかった場合の生存期間の中央値が九・六ヶ月とのことでした。私の場合、昨年の九月の段階で腫瘍があったはずだから、甲先生の受診時にすでに四ヶ月経過していたので、一刻も早く手術しないとリンパ節転移する可能性があるとのことでした。セカンドオピニオンを受けると、検査が中断してしまい、手術も二月以降となってしまうそうでした。二月以降となってしまったら、リンパ節に転移する危険性も高まってくるので、そんな猶予はなく、一刻も早く手術をすべきとのことでした。

ですので、私は、セカンドオピニオンを受けても、術式も変わらず、リンパ節転移の危険性が高まってしまうのであれば、セカンドオピニオンを受けに行くメリットが何一つないと思ってしまいました。甲先生の言葉を信じきってしまい、セカンドオピニオンを見送ってしまったのです」

乙医師は、ＣＴ画像を見ながら仰いました。

「この画像からは、そんなにすぐに転移するような状態ではないと思うのですが……」

私は、摘出した右肺下葉の映像を思い出し、右肺下葉に申し訳ないことをしたと悲しくなりました。

「そうだったのですね」

そう呟くことしかできませんでした。

「でも、この先生が確実に取ってくださったことですし、より確実に再発の心配がなくなったとも考えることができます。あとは、肺が膨らむのと体調が回復するのを待つだけですね」

乙医師は、落ち込む私に気を遣って、励ましの言葉をかけてくれました。

「はい。そうですね」

私も、後悔しても切り取ってしまった右肺下葉は戻ってこないので、気持ちを切り替えようと努めました。

次回のCT検査の説明を受け終わると、私は、乙医師に深くお辞儀をして、なんとも言えない気持ちで診療室を後にしました。

第6章　考察

第1節　祈りの効用

私は、この四ヶ月間で、肺腺癌ステージ2Bを宣告され、右肺下葉切除術及びリンパ郭清術を受け、病院を変えてステージ1A1の確定診断を得ることができました。年末に60㎜だった腫瘍が、四週間後の手術での病理診断の結果、浸潤性の細胞異型が1．0㎜と小さくなっておりました。これを、どのように考えるべきでしょうか。

一つには、当初の思惑の通り、自らの考え方や生活習慣を変えて、祈り続けることによって、60㎜の腫瘍がほぼ消え去り、1．0㎜の細胞異型が残ったと考えることができます。人は毎日五千個もの癌細胞ができて、貪食《どんしょく》（＊体内の細胞が不必要なものを取り込み、消化、分解する作用）されていくことを考えると、1．0㎜の細胞異型であれば、悪性腫瘍は消滅したとも考えることができます。

他方、ヒデさんや佐藤栄一宮司のおっしゃる通り、腫瘍に見えたものは嚢胞《のうほう》などの炎症性のもので、そもそも癌ではなかったとも考えることができます。もしそうであるのなら、甲医師は誤診した上に、私の右肺下葉を切除し、視野内のリンパ節を多数切除して、私の肺の機能を低下させたのだから、重過失致傷罪（刑法二一一条後段）の構成要件に値する行為といえます。

もっとも、私もＣＴ画像を見て悪性腫瘍の疑いが強く、大学院の医局の先生たちもプリントアウトされた画像を見て悪性腫瘍であろうと意見が一致しておりました。私自身、肺腺癌の自覚症状は全くなかったのですが、七月上旬に87．５kgであった体重が、十二月末には68．５kgまで減少しておりました。ですので、画像診断及び体重減少の症状から、令和四年の年末の段階では、医学的には悪性腫瘍と診断するのは適切でした。ですから、甲医師の行為は、違法性が阻却《そきゃく》されそうです。

真実は神のみぞ知る領域なのですが、現代医学の枠組みの中では甲医師の誤診であったとは考え難く、私は、自らの考え方や生活習慣を変えて、祈り続けることによって、60㎜の腫瘍がほぼ消え去り、１．０㎜の細胞異型が残ったと考えております。

それでは、なぜ悪性腫瘍は消えたのでしょうか。そもそも、癌細胞が増殖し続けるというのは、ウィルヒョー（一八二一年～一九〇二年）の提唱した法則「全ての細胞は細胞から生じる」を前提とした十九世紀以来の考えです。この考えによると、癌細胞に侵された細胞は癌細胞を生じ、周囲の正常細胞を癌化させて、癌は増殖し続けていきます。この説は、癌細胞が増殖し続ける環境にあるときは真実なのでしょう。

しかし、環境が変われば、癌細胞の増殖が収まり、マクロファージなどに貪食されて、正常細胞に置き換わることだってありうるのではないでしょうか。私は、生き抜くために、今までの常識を疑い、医学のパラダイムを疑いました。そして、自らの考え方を変えて、生活習慣を変えて、自然と調和させるように努めて、毎日祈り続けることで、癌がほぼ消え去っていたのです。その期間は、四週間弱でした。

人は変わろうと決意し、行動した時から、変わることができるのです。今や、過去の呪縛に囚われている時ではないのです。二十一世紀の現在にあって、十九世紀の呪縛から解放される時が来ているのではないでしょうか。


では、なぜ祈ることで癌が消えるのでしょうか。それは、私たちが、自らの人生の創造主だからではないでしょうか。人は、肉体が全てではなく、それ以上の霊的な存在でもあります。

人が霊的な存在であることは、私たちが夢を見られることで証明することが可能です。

夢を見ている時は、肉体は横たわっており、意識がなく、瞼も閉じて、視界は全くありません。私たちが肉体的な存在だけであるのなら、寝ている間は、電池の切れたおもちゃのように何も見ることができないはずです。それにもかかわらず、夢を見ることができて、夢の中で会話ができ、様々な行動をとることができるということは、私たちが肉体を超えた存在であるからではないでしょうか。

私は、人が肉体を超えた存在であることを「霊的な存在」といい、その体を「霊体」と呼んでおります。神智学などでは、霊体に対して、エーテル体、アストラル体、メンタル体、コーザル体など様々な呼ばれ方がされております。しかし、そのような呼び名には拘《こだわ》らなくていいのではないでしょうか。

大事なことは、私たちは、霊的な存在でもあるがゆえに、想像力と祈りによって、何者にもなれるということです。想像力で作り上げたものは、霊的な世界においてはすでに存在するのです。ですから、現実を変えたいのであれば、私たちは、霊的に鋳型を作り、それが現実化されるまで信じ続ける必要があるのです。そのために、祈るのです。

私は、癌が治った姿をイメージして、癌が治ったと確信して、癌を治してくれてありがとう、と祈り続けました。それは、想像力によって、霊的な世界において癌のない霊体の鋳型を作り上げ、それが霊的に存在することを確信し、祈ることによって、その鋳型が現実化されて、肉体的に癌が消えていったのではないでしょうか。私は、このように考えております。

第2節　現代医学という神？

私が受けた手術、すなわち、下葉切除術及びリンパ郭清術という手術の術式については、結果から振り返るとセカンドオピニオンを受けるべきだったのかもしれません。多くの医師から、「今時、下葉切除はやりすぎではないか」とのご指摘をいただきました。

確かに、部分切除よりも下葉切除の方が点数も高く、リンパ節郭清術をすればさらに点数が高くなり、病院により多くの利益をもたらすことができます。そして、もし私が甲医師の勧めるままに、抗がん剤治療を受けて五年生存すれば、抗がん剤の効果があったというエビデンスを得ることができます。さらに、分子標的薬を三年間投与して、私が五年以上生存すれば、この分子標的薬は臨床レベルでのエビデンスを得ることができます。甲医師の治療方針は、利益とエビデンスの両方を得ることができるものでした。

でも、そもそも、私にはリンパ節転移もなければ、肺腺癌は細胞異型が1．0㎜しかありませんでした。医学部の教授といえども、学問という権威を一度取り去り、医療法人という法人単位で見れば、一般企業の部長クラスにすぎないのです。それを肝に銘じておくべきでした。

しかし、後悔しても失った肺は取り戻せません。乙医師のいうように、再発するリスクがより少なくなったという意味で、手術を成功させてくれた甲医師に、感謝しております。


癌の宣告は、予想以上に精神的ショックを受けるものです。癌を患って学んだことは、どんなに知識を入れても、恐怖のあまりに思考力がなくなって、主治医のいうこと全てを受け入れてしまう危険性があるということです。

私は、自らの死というものを初めて認識することによって、死への恐怖心を抱き、思考することができなくなってしまいました。魂が永遠であることや、死んでも魂は死なないことは理解しているつもりでしたが、「この世」で生きられなくなるという恐怖心を抑えることができませんでした。

ですので、この本を読まれた方やそのご家族が癌宣告を受けた場合、治療方針に少しでも納得がいかない場合や、考える時間がほしい場合には、セカンドオピニオンを受けて、冷静になる時間を作ってください。

そのために、本著では、私がどのようにして手術を受けたかについて、なぜセカンドオピニオンを受けることができなかったのか、甲医師の振る舞いについて詳細に描写させていただきました。


極論になりますが、病院では、患者を恐怖に陥れて、考える時間を与えず、他の意見を聞く猶予を与えないという新興宗教の洗脳まがいの行為が、現代医学という神の名で、なされてしまっているのです。

忘れてはならないのは、病院は、患者が主体であるということです。本来、治療は、自分で決めるべきなのです。医師は、そのコーディネーターにすぎないのです。そして、今までの生き方を振り返り、考え方や生活習慣を変えて、祈り続ければ、全てが変わります。

人は、いわば神の子です。祈ることでそれが、実感できるようになります。祈ることによって自らの神性を解き放てば、奇跡が起きるのです。

おわりに　癌治療サバイバーとして生きる

この癌闘病記は、私が癌と向き合い、自らを省《かえり》みて、全人格的に変容していく過程を書き記しました。その期間は、令和四年七月の東大での健康診断から令和五年四月の乙医師による確定診断を得るまでの、九ヶ月間でした。癌闘病記を書き綴りましたが、私が実際に闘ったのは、癌ではなく、過去の無知なる私であり、現代医学のパラダイムでした。

それまでの私は、現代社会に適応すべく人格が形成されたものですから、変容を迎えると、これまで通りには現代社会には住みにくくなります。実際、私は、手術から社会復帰しても順風満帆とはいかず、四度無職を経験して四ヶ月もの間、全く仕事ができませんでした。

癌を患い、手術を受け、抗がん剤治療で満足に働けなくなるかもしれないと伝えたにもかかわらず、暖かく迎えてくれた横浜の審美歯科クリニックも、体力の低下が著しく、通勤がしんどくなり、試用期間内に辞めてしまいました。

それからは、職場を転々としておりました。就職に関しては、やることなすことが全く上手くいきませんでした。

そこで、癌を患ったときと同じように、私は、社会的にも変容が迫られているのだと考え方を変えてみることにしました。もう一度、歯科医師をゼロからやり直そうと決意したのです。

そもそも、審美歯科にチャレンジしようと決めたのは、大学の同期らの活躍を知り、対抗心を燃やしてとった選択でした。しかし、他人と比べて職を選ぶこと自体が間違っておりました。ゼロからやり直すなら、今までやったことのない分野にチャレンジしてみようと決意したのです。

それが、歯科矯正でした。歯科矯正というのは、歯科業界の中でも特殊な領域で、従来は、狭き門をくぐり抜けてきた者しか扱えない領域でした。というのも、一般的に歯科矯正をマスターするためには、大学の矯正科に入局して経験を積んで、日本歯科矯正学会の認定医や専門医をとらなければならなかったからです。長い年月を大学にお金を払いながら無給で働き続け、症例を医局員同士で奪い合いながら、経験を積まなければなりませんでした。

しかし、私には、無給で働き続けるほど経済的な余裕もなく、年齢的にも大学の矯正科に入局することは困難でした。そこで、臨床家として、歯科矯正の技術を磨くことができるクリニックはないかと探しました。そして、渋谷矯正歯科という全国に十一もの診療所を持つ歯科矯正専門のクリニックに勤めることができました。大学の矯正科では学ぶ機会がほとんどない舌側矯正、マウスピース矯正及び外科的矯正などが実践的に学べるクリニックです。

実際に働き始めると、歯科矯正は、現状の歯並びを多角的に分析して、治療計画を論理的に構築するので、研究生活を続けてきた私にとって、知的好奇心が刺激され、性に合っておりました。これからは、歯科矯正を通じて、患者さんの笑顔が増え、運気が好転する手助けをしていきたいと考えております。

私は、癌を患ったことで、人生に絶望し、生きる気力を失いかけました。しかし、自己と対話することで、心の奥底に潜む神性なる無限の力に気づくことができました。切り取ってしまった右肺下葉及びリンパ節に対しては、申し訳ない気持ちで一杯ですが、癌のお陰で、生まれ変わることができたのです。

これからの人生は、癌治療サバイバーとして生きていきます。

読者の皆様が、自らに内在する神性なる無限の力に気づき、神様からの祝福があることを祈っております。

小林漸 Susumu Kobayashi

神奈川県生まれ。医学博士。法務博士。専門は法医学。東京大学客員研究員。渋谷矯正歯科勤務。

平成 12年　明治学院大学法学部政治学科卒業。

平成 18年　日本大学大学院法務研究科法務専攻専門職課程修了。古田奨学金給付生。法務博士。

平成 29年　明海大学歯学部卒業。歯科医師免許取得。京都大学医学部附属病院歯科口腔外科に入局。口腔外科医として、京都大学附属医学部病院、枚方公済病院、京丹後市立久美浜病院に勤務する。

平成 31年　東京大学大学院医学系研究科血液腫瘍病態学分野に入学。岩垂奨学金給付生。血液腫瘍発症のメカニズムを分子生物学的に解明する研究に従事する。

業績：小林漸 , et al. (2020) 骨髄系腫瘍におけるスプライシング異常と治療応用 (血液内科 ;81:581-586). Atsushi Tanaka, et al. (2020) Understanding and therapeutic targeting of aberrant mRNA splicing mechanisms in oncogenesis. Rinsho Ketsueki; 61:643-650. Inoue D, et al. (2021) Minor intron retention drives clonal hematopoietic disorders and diverse cancer predisposition. Nat Genet; 53:707-718.

令和　3年　東京大学大学院医学系研究科法医学教室に転入。法医解剖業務及び身元不明遺体の身元解明のための研究に従事する。学位審査合格直後の令和 4年 12月 30日に肺腺癌 Stage 2 Bの宣告を受け、令和 5年 1月 26日に右肺下葉切除術及びリンパ郭清術を受ける。同年 3月に同研究科修了。医学博士。

業績：Kobayashi S, et al. (2023) Age estimation by evaluating median palatine suture closure using postmortem CT. Int J Legal Med.137:1097-1107. Kobayashi S, et al. (2023) Age estimation by palatal suture using modified Kamijo's method. Forensic Sci Int. 348:111706. Mizuno S, et al (2022) Validity of dental findings for identification by postmortem computed tomography. Forensic Sci Int. 341:111507. Hirata Y, et al. (2023) COVID-19 Analysis in Tissue Samples Acquired by Minimally Invasive Autopsy in Out-of-Hospital Deaths with Postmortem Degeneration. Jpn J Infect Dis.76:302-309. Saitoh H, et al. (2023) High titers of infectious SARS-CoV-2 in corpses of patients with COVID-19. Int J Infect Dis.129:103-109. Nagasawa S, et al. (2024) Changes in SARS-CoV-2 viral load and titers over time in SARS-CoV-2-infected human corpses. PLoS One. 19: e0287068. Mizuno S, et al. (2024) Mandibular torus thickness associated with age: Postmortem computed tomographic analysis. Leg Med (Tokyo). 69:102449.

現在は、渋谷矯正歯科にて歯科矯正に従事しつつ、仕事の合間に法医学の研究活動を続けている。

西洋《せいよう》医学《いがく》は神《かみ》なのか？
ガンから生還《せいかん》した医学《いがく》博士《はかせ》の告白《こくはく》

小林《こばやし》 漸《すすむ》

明窓出版

令和六年十月一日　初刷発行

発行者――麻生 真澄
発行所――明窓出版株式会社
〒一六四―〇〇一二
東京都中野区本町六―二七―一三

印刷所――中央精版印刷株式会社

落丁・乱丁はお取り替えいたします。
定価はカバーに表示してあります。

ISBN978-4-89634-482-0

こんなにもあった!

医師が本音で探したがん治療

末期がんから生還した物理学者に聞くサバイバルの秘訣

保江邦夫　小林正学

「このままじゃいけない。生きるためにもっと可能性を探して!」

内なる声に突き動かされたがん専門医は、西洋医学以外の治療法にも目を向け始めた。

波動医療・食事療法・感性医療・唾液療法・奇跡の泉・超能力 etc.……

新しい医療の可能性を理論物理学者と共に探求する。

抜粋コンテンツ

現代医療では人間生来の「治ろうという力」が見過ごされている

「メカニズムは証明できないけれど、確かに病気が良くなる治療がある」

免疫治療の時代がやってくる

医師が自らに問う「自分や家族ががんになったときに抗がん剤を受け入れるのか?」

全国の波動医療の医師、がんサバイバー、自然療法、整体師、鍼灸師などに会ってがん医療を探求する

８億８０００万人を対象にがんと食事の関連性を調査した「チャイナ・スタディ」

アントニオ・ヒメネスが提唱するがん患者が完全に避けたほうがいい食物とは?

江戸末期までの日本人々の食生活が、最も健康的で正しかった etc...

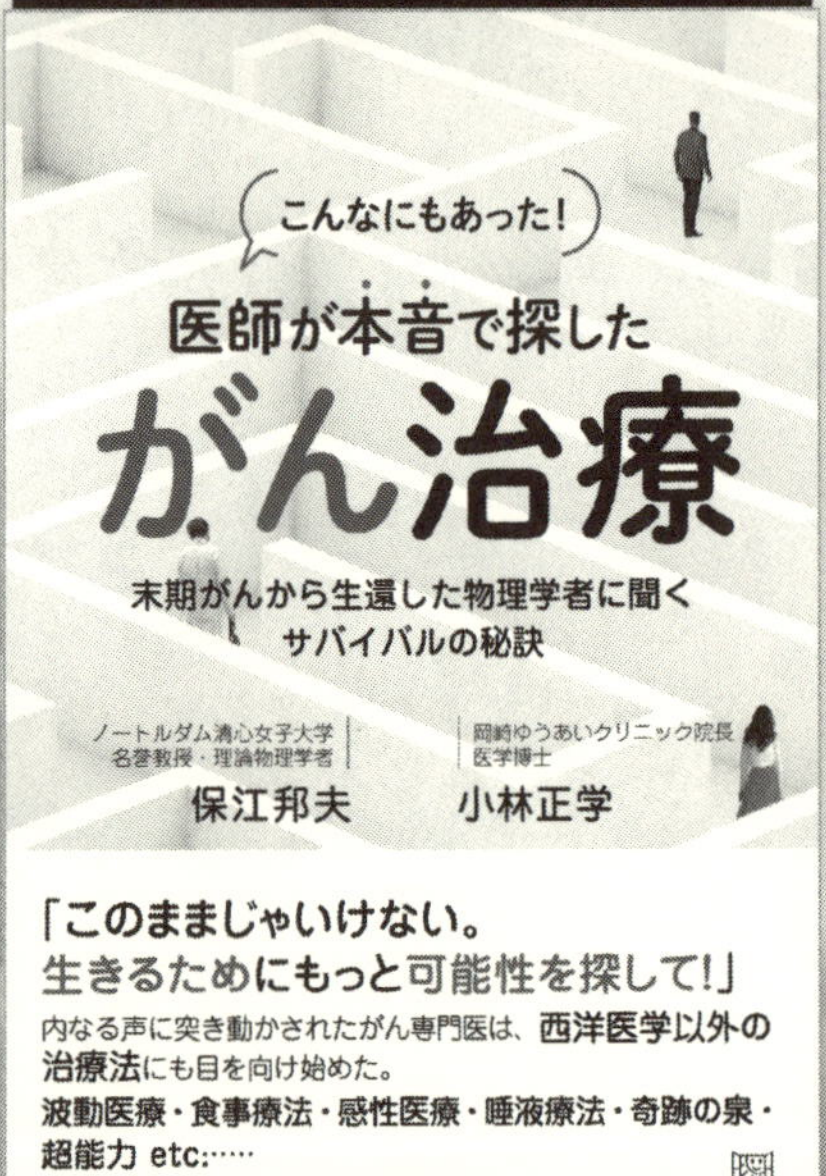

こんなにもあった!
医師が本音で探した
がん治療
末期がんから生還した物理学者に聞く
サバイバルの秘訣
ノートルダム清心女子大学
名誉教授・理論物理学者
保江邦夫
岡崎ゆうあいクリニック院長
医学博士
小林正学
「このままじゃいけない。
生きるためにもっと可能性を探して!」
内なる声に突き動かされたがん専門医は、西洋医学以外の治療法にも目を向け始めた。
波動医療・食事療法・感性医療・唾液療法・奇跡の泉・超能力 etc.……
新しい医療の可能性を理論物理学者と共に探求する。
明窓出版

本体価格：2,000円＋税